오늘 밤에 어울리는

오늘 밤에 어울리는

초판 1쇄 발행 • 2019년 4월 10일

지은이 / 이승은
펴낸이 / 강일우
책임편집 / 최현우
조판 / 황숙화
펴낸곳 / (주)창비
등록 / 1986년 8월 5일 제85호
주소 / 10881 경기도 파주시 회동길 184
전화 / 031-955-3333
팩시밀리 / 영업 031-955-3399 · 편집 031-955-3400
홈페이지 / www.changbi.com
전자우편 / lit@changbi.com

ISBN 978-89-364-3795-4 03810

* 이 책은 대산문화재단의 2016년 대산창작기금을 받아 출간되었습니다.

오늘 밤에 어울리는

이승은 소설집

창비

차례

파티의 끝

식탁 한편에는 은수와 민용이 앉았다. 가운데에는 은빛 펄로 무늬가 그려진 구 모양의 초를 켜두고 맞은편에는 지영과 동철이 앉았다. 작은 평수의 투룸이지만 테이블 위의 음식과 촛불 덕분에 아늑해 보였다. 처음부터 커플 모임을 가지려던 것은 아니었다. 여자친구들끼리 연말 모임을 계획하다가 민용과 동철이 합류했다. 유일하게 싱글인 수미는 회계 담당이라 도저히 시간을 낼 수 없다고 했고, 결혼한 지 삼년이 된 성희는 연락이 없었다.

은수와 민용은 한면이 벽에 붙어 있던 식탁을 거실 한가운데로 옮기고 상앗빛 식탁보를 씌웠다. 그릇을 꺼내놓고 냉장고에 술과

* 그레이엄 그린(Graham Greene)의 단편 「파티의 끝」(The End of the Party, 1929)에서 제목을 가져옴.

음료수, 과일을 채워두었다. 둘은 모든 준비를 함께했고 평소보다 자주 입맞춤을 했다. 신혼 집들이를 준비하는 것 같았다. 이런 모임은 내년 한해를 잘 보내기 위한 신호탄이 될 것 같았다.

네명뿐인데도 은수는 실속 없이 분주했다. 혼자 분주한 것은 아니었다. 은수가 자리에서 일어나려는 눈치가 보이면 민용이 먼저 일어나 냅킨을 가져오거나 음식을 더 꺼내 왔다. 민용은 마른 편이었지만 푸른 스웨터와 도톰한 면바지 덕분에 적당한 체격으로 보였다.

지영이 민용의 자상한 모습을 칭찬했다.

집안 내력이야.

민용이 장난치듯 말했다. 은수가 치이, 하며 웃고는 동철에게 말을 걸었다.

그 셔츠 멋지다. 질감도 좋아 보이고 잘 어울려.

난 뭘 입어도 잘 어울려.

체크무늬 셔츠의 주름을 펴 보이며 동철이 말했다. 동철은 요즘 광고에 많이 나오는 개그맨을 닮았다. 그 개그맨처럼 머리가 짧고 말이 빨랐다.

내가 골라준 거야.

지영이 고갯짓으로 셔츠를 가리키며 웃었다. 겨자색 카디건을 입은 지영의 눈은 그냥 웃어도 눈웃음이 지어지는 반달형이었다. 대학 동기인 지영과 은수는 늘 서로의 남자친구 고민을 들어주었다. 지영과 동철은 만나기 시작한 지 팔개월 되었는데 은수는 벌써 동철을 여러번 만났다. 지영을 만나러 가면 대부분 동철이 함께 있었다.

이 초 로맨틱하다. 무늬가 예뻐.

뾰족하게 솟아올라 춤추듯 타오르는 불꽃을 바라보면서 지영이 말했다.

민용 오빠가 사다줬어.

은수와 민용이 서로 마주 보며 웃었다. 은수와 지영, 동철은 동갑이고 민용은 그들보다 세살 위였다.

촛농이 고인 동그라미가 점점 커지면서 무늬의 윗부분이 사라지고 있었다. 초에서 퍼져나오는 은은한 향이 코끝에 맴돌았다.

네 사람은 일곱시쯤 모여 치킨과 연어샐러드를 안주로 맥주를 마시기 시작했다. 한명씩 돌아가며 올해 초에 계획했던 일, 그중에 한 일과 하지 못한 일을 이야기하며 연말 분위기를 냈다. 은수는 바라던 대로 학생이 되었고 민용의 바람은 오디오 세트를 새로 장만하는 것이었는데 이루어지는 중이었다. 며칠 전에 주문했는데 다음 주면 도착한다고 했다. 민용은 좋은 음악을 제대로 된 오디오로 듣는 것을 좋아했다. 지영은 프랑스에서 돌아온 후 입사한 향수회사에서 과장으로 승진했다. 동철은 올해 못 이룬 것을 내년에 꼭 이루겠다고 했는데 무엇인지는 말하지 않았다.

담배를 끊으려고 했는데 그건 못했지. 술 한잔 들어가면 도저히 못 참겠어.

고개를 가로젓는 지영의 밝은 갈색 머리가 어깨 위에서 찰랑거렸다. 기분이 울적할 때면 지영은 미용실을 찾았다. 자신에게 딱 맞는 머리 모양을 찾고 싶었다.

사람을 모아 시끌벅적하게 놀기를 좋아하는 지영은 작년 이맘때 파티를 하자며 친구 여럿과 그때 만나던 남자친구를 집으로 초대했다. 와인과 양주 몇병을 비우며 자정을 넘겼을 때 지영은 짜증을 냈다. 담뱃갑을 못 찾겠다며 식탁 위에 파우치와 지갑, 이어폰과 영수증을 늘어놓았다. 소지품들을 가방에 쓸어 담던 지영은 고개를 푹 숙였다. 나 이제 사람 못 믿을 것 같아, 하며 울었다. 그날 지영의 남자친구는 서너시경에 좀 늦을 것 같다는 메시지를 마지막으로 연락이 없더니 결국 오지 않았다. 작년 그 자리에 있던 사람들 모두 걱정을 했었다. 하지만 지영은 금방 다른 연애를 시작했다. 내가 얘를 왜 만나는지 모르겠어, 얘는 진짜 아니야, 하면서도 동철과 계속 만났다.

치킨을 먹고 있는 동철과 눈이 마주치자 은수는 방긋 웃어 보였다. 그때 동철이 물었다.

은수는 대학원에서 뭐 공부한다고 했지? 비교문학이 뭐냐?

동철의 질문에 은수는 약간 뜸을 들였다. 이런 질문이 처음이 아니었지만, 그때마다 난감했다. 은수에게는 쉬우면서도 어려운 질문이었다.

문학과 철학이라는 안경으로 세상을 보는 거라고 할 수 있을 것 같아.

아아, 별로 쓸모는 없는 거구나. 안경 쓰면 답답하잖아.

동철의 말에 은수가 황당한 표정을 지었지만, 민용과 지영은 피식 웃었다. 은수도 동철을 잠시 흘겨보고는 같이 웃었다.

지역마다 전통과 문화가 다르잖아. 다른 문화가 우리에게 어떤 영향을 주는지 문학으로……

손짓을 섞어가며 은수가 설명했다. 옆에서 지켜보던 민용은 안쓰러운 듯 은수의 머리를 쓰다듬었다.

음, 역시 별 쓸모는 없는 거네.

팔짱을 낀 동철의 시큰둥한 말에 모두 웃었다. 은수도 이런 분위기가 기분 나쁘기보다 즐거웠다.

내년에는 뭐 하고 싶어?

은수가 지영에게 물었다.

용감해지는 것. 프랑스에 다시 가고 싶어.

지영은 무언가 결심한 듯 남은 술잔을 비우고 내려놓았다. 동철이 지영을 쳐다보았다.

그냥 가보고 싶다고. 여행이라도 말이야. 유학 갔을 때는 빠리가 너무 싫고 프랑스 사람들, 프랑스에서 만난 한국 사람들이 다 싫었는데, 지금 다시 가면 어떨까, 그냥 궁금해.

지영은 자신의 빈 잔에 술을 따르려고 맥주병을 집어들었다. 동철이 맥주병을 빼앗아 따라주며 천천히 마시라고 했다. 은수는 지영이 프랑스에 머무는 동안 몸이 안 좋다며 국제전화를 자주 걸어오던 때가 떠올랐다.

꺼져가는 하얀 거품을 보다가 지영이 고개를 들었다.

은수야, 넌?

한가지 물건을 두개 이상 혹은 패키지로 사지 않기.

은수가 말했다. 민용을 빼고는 의아한 표정이었다.

얼마 전에 마트에서 유통기한이 얼마 안 남은 치즈 두덩어리를 싸게 샀어.

이 치즈?

아니, 이 치즈는 제값을 주고 산 거야. 그땐 며칠 동안 종일 치즈만 먹다가 배탈까지 나고 나중엔 냄새도 맡기 싫어지더라.

그래서?

여전히 의아한 표정으로 동철이 물었다.

치즈는 쳐다보기도 싫더라구. 근데 오늘 이렇게 다 같이 술 한잔 하면서 오랜만에 먹으니까 너무 맛있고 좋아.

은수가 말을 좀 빙빙 돌려 할 때가 있어. 나도 처음엔 무슨 말인가 했지.

민용이 웃었다.

대학원에서 돌려 말하기 배우나봐?

동철이 지영에게 어깨를 맞으면서 킥킥댔다.

진짜 원하게 될 때까지 기다리자는 거야. 얼떨결에 가지게 되면 소중한 줄 모르고 나중엔 귀찮은 것이 되어버리니까.

은수의 목소리가 조금 커졌다.

음, 무슨 말인지 알겠다.

지영이 고개를 끄덕였다.

다시 공부를 시작하니 어렵지만 그래도 지금이 좋아.

은수는 공부하는 게 좋은가봐. 난 공부라면 지겨운데.

앞 접시에 있던 올리브를 입에 넣으며 지영이 말했다.

빈 맥주병이 쌓여가고 민용이 틀어놓은 음악이 나른한 곡으로 바뀌었다. 네 사람의 기분에 어울리는 곡이었다. 촛불이 조금씩 흔들리고 가끔 창밖으로 사람들이 지나가는 소리가 들렸다.

결혼하고 싶어 안달인 남녀가 나오는 프로그램 봤어?

지영이 턱에 손을 괴며 물었다.

그거 봤어. 요즘 예능엔 별게 다 나와.

은수가 맥주를 홀짝였다.

전 연봉이 칠천 정도 되고요. 외동이라 부모님 재산은 다 제가 물려받게 될 거예요.

동철이 출연자 중 한명의 자기소개를 흉내 냈다.

결혼 못해서 부모님 마음고생 시켰다고 울더라. 그렇게까지 해야 하나.

지영이 동철에게 술을 따라주었다.

연결되는 커플이 나오기는 하던데.

식탁 위에 흘린 연어를 동철이 주워 담았다.

그런데 그 사람들 잘 살고 있을까?

지영이 냅킨으로 식탁보 위를 문질렀다.

결혼정보회사 생중계까지 봐야 하다니. 그 사람들은 어쩌다 그렇게 된 걸까?

은수는 그것이 정말 궁금했다.

최선이라고 생각했으니까 그랬겠지?

민용이 조용히 듣고 있다가 말했다. 본 적은 없지만, 은수에게 들어서 어떤 내용인지는 알고 있었다.

그게 최선이라고 생각하는 게 문제 아닐까?

은수가 물었다.

그런데 이렇게 뒷말하면서도 자꾸 보게 돼. 꼭 막장드라마 챙겨보는 아줌마들처럼.

어깨를 움츠리며 지영이 웃었다.

동거하는 커플도 늘어나고 비혼주의자들도 많은데, 아직도 명절때마다 그 얘기는 나오더라. 어떻게든 결혼을 해야 행복해진다는 환상.

손에 들고 있던 냅킨을 구기며 은수가 씁쓸하게 웃었다. 은수의 아버지는 딸의 결혼을 간절히 바랐다. 남자는 몰라도 여자는 결혼을 해야 한다고 했다.

저렇게 만나서 결혼하면 어떻게 되는지 알아?

지영이 목소리를 죽이며 묻자 모두 다음 말을 기다렸다.

꼭 다 그런 건 아니지만. 회사 미팅 끝나고 술자리 하면 유부남들이 얼마나 귀찮게 하는지……

지영은 한숨을 길게 내쉬었다.

사랑해서 한 결혼이 아니다, 어머니가 아프셨고 마침 와이프를 사귀고 있었다, 이런 말을 한다니까. 부인이랑 관계를 거의 안 가진다고, 아무 느낌이 없다고.

그런 얘기까지 해?

난 회사 생활 하면서 집에 들어가고 싶어하는 유부남을 본 적이 없어.

남자라고 다 그렇진 않아.

민용이 일부러 호탕하게 웃었다.

그러니까 술자리 가면 얼굴도장 찍고 빨리 나오라고. 아닌 건 아니라고 얘기하고.

어떻게 매번 그러냐. 빠질 수 없는 자리도 있지.

지영이 나초를 입에 넣으려다 말고 동철에게 쏘아붙였다.

그때 초인종이 울렸다. 은수가 누구지, 하며 자리에서 일어났다. 현관문이 열리고 커다란 가방을 옆으로 멘 성희가 들어왔다.

연락 없길래 못 오는 줄 알았지.

우리 시댁이 이 근처로 이사 왔잖아. 코난 찾아온다면서 살짝 빠져나왔어.

성희는 큰 가방을 바닥에 내려놓았다. 애완동물 이동가방이었다. 지영과 은수가 성희에게 민용과 동철을 소개했고 처음 만난 그들은 서로 인사를 나누었다.

내가 와서 분위기 깬 거 아니지? 코난 잠깐 꺼내줄게. 답답해할 것 같아서.

가방을 여니 어두운 회색 고양이가 귀를 쫑긋하며 머리를 내밀었다.

아이 귀엽다. 이름이 코난이래.

지영이 소리 질렀다.

고양이네요.

민용이 말했다.

코난은 낯 안 가려. 할퀴거나 하지 않을 거야.

성희의 말에 동철이 고양이를 몇번 쓰다듬었다. 그뿐이었다. 아무도 고양이를 반기지 않았다. 성희는 민용이 내주는 자리에 앉았고, 코난은 주변을 기웃거렸다. 봄에 둘째를 낳은 성희는 모유 수유를 하느라 한동안 마시지 못한 맥주를 벌컥벌컥 들이켰다. 맵다면서도 치킨 조각을 빨간 소스에 푹 담갔다.

아이 낳으니까 머리도 빠지고 뱃살도 늘어지고…… 초면에 이런 얘기해도 되죠?

치킨을 입에 넣고 우물거리던 성희가 깔깔대고 웃었다. 은수는 성희에게 하나도 변하지 않았다고 말해주었다. 단발머리도 예쁘고 커다란 큐빅이 달린 핀도 귀엽다고 했다. 지영이 맞장구를 쳤고, 민용과 동철은 듣고만 있었다. 성희가 치킨 몇조각을 더 먹은 후, 다 함께 건배를 하고 학창 시절 이야기를 잠깐 했다. 주로 성희가 이야기했다.

엄마야!

은수가 소리를 질렀다. 무언가 은수의 발목을 스치고 지나갔던 것이다. 고양이였다.

왜 그렇게 놀래. 그래도 얌전한 편인데.

반려동물을 안 키워봐서 그런가봐.

근데 나 오기 전에 무슨 얘기 하고 있었어?

성희가 네 사람을 훑으며 물었다.

우리 진실게임 같은 거 할까요? 요즘엔 그런 거 안해?

성희가 까르르 웃었다. 성희의 솔직하고 막무가내인 성격은 여전하다고 은수와 지영은 생각했다.

나 애 맡기고 몰래 나온 거란 말이야. 재미있게 놀아야 한다구.

네 사람은 별로 내키지 않았지만 어쨌든 하게 되었다. 말을 놓자는 동철의 제안에 성희가 좋다면서 동철을 첫번째로 지목했다.

지영이한테 처음 실망했을 때가 언제야? 방귀 뀌었을 때, 트림했을 때, 이런 거.

시작하기도 전에 성희는 혼자 킥킥거렸다.

음…… 이런 얘기해도 되나……

모두의 시선이 쏠려 동철은 당황했지만, 성희의 부추김에 말하지 않을 수 없었다.

지난번 여행 갔을 때 지영이가 버스 안에서 자는데, 완전 턱이 아래로 빠지더라고. 눈은 반만 뜨고 입에서는 침이……

고개를 뒤로 젖힌 채 입을 벌리고 있는 동철의 등을 지영이 찰싹 때렸다.

이거 봐. 왜 이런 걸 나한테 물어.

만족스러운 듯 성희가 식탁을 두드리며 웃었다. 웃음소리가 잦아들기 전에 민용이 재채기를 했다. 엄청나게 큰 재채기여서 모두가 쳐다봤다. 민용은 괜찮으니 계속 이야기하라는 손짓을 했지만, 이후에도 연속으로 몇번을 더 했다.

다음으로 성희는 지영에게 물었다. 냅킨으로 입을 닦던 지영은 동철을 물끄러미 쳐다보았다. 그러자 동철의 표정이 굳었다. 장난기 가득하던 동철의 얼굴이 험악해졌다. 그러더니 미친 사람처럼 소리를 질렀다. 은수의 눈에는 동철의 모습이 잠깐 그렇게 겹쳐 보였다. 동철은 지영이 삼년을 사귀다 헤어진 준형과 가끔 연락한다고 생각했다. 그런 이유로 둘은 연애 초기부터 자주 다퉜다. 동철과 싸우고 나면 지영은 꼭 전화를 걸어왔다. 한번은 동철이 너무 흥분해 제정신이 아닌 것 같다고, 집으로 또 찾아올까봐 겁이 난다고 했다.

그럼 너는? 신랑한테 언제 실망했는데?

시무룩하게 있던 동철이 분한 듯 성희에게 물었다. 성희는 남은 맥주를 다 마시고 입가를 쓱 닦았다.

민서 태어난 지 얼마 안됐을 때인데.

동철이 맥주병을 집어 성희의 잔을 채웠다.

신랑이 공인인증서 비밀번호를 공개하자는 거야. 자기가 먼저 하겠대. 그런가보다 했지. 집에 혼자 있다가 심심해서 들어가봤는데……

성희는 맥주를 한모금 더 마셨다.

어쩌면 결혼은 결혼정보 회사를 통해서 하는 게 나을 수도 있어.

눈을 몇번 깜빡이다가 성희는 이어서 말했다.

조회해봤더니 결혼 전에 거액 대출을 두번 받았는데 합이…… 지금 사는 32평 아파트에서 화장실만 빼고 나머진 다 은행 소유라고 보면 돼. 그러니까 너희 다……

성희는 뒤에 말을 잇지 않았지만 모두 무슨 말을 하려고 하는지 알았다.

첫째 민서가 태어난 후에 은수와 지영은 성희 집으로 놀러 간 적이 있었다. 보채는 아이를 안고 달래다가 지친 성희는 중국집에서 배달음식을 시켜주었다. 집에만 있다보니 우울증에 걸리겠다며 절대 둘째는 갖지 않겠다고 했다. 작년에는 백화점에서 잠깐 만났다. 넌 이거나 봐. 우리 얘기 좀 하게. 성희는 민서에게 스마트폰으로 유튜브 영상을 틀어주었다. 애가 이쁘긴 한데 체력적으로도 힘들고 돈 드는 게 장난 아니야. 너네도 정신 차려. 결혼할 거면 서두르라고. 차를 마신 후에 은수와 지영은 민서의 손을 잡고 여성복 매장을 구경하는 성희를 따라다녔다. 성희는 코트를 사겠다며 여러 벌 입어보다가 결국 행사장 매대에서 패딩 점퍼를 하나 샀다.

그래도 신랑이 몇년이면 갚을 수 있을 거라고 생각해서 사는 거지.

성희는 이 말을 덧붙이는 것을 잊지 않았다. 성희는 임신 사개월에 접어들었을 때 대기업에 다니는 신랑과 식을 올렸다.

잠깐 정적이 흐를 때 민용이 재채기를 해서 성희가 다시 한번 깜짝 놀랐다.

우와, 백 미터 밖에서도 들리겠어요.

민용은 미안해하며 바람을 쐬러 밖으로 나갔다. 동철이 맥주를 사러 뒤따라 나갔다.

현관문이 찰칵 닫히자마자 성희가 지영 옆으로 바싹 다가갔다.

준형이랑은 완전히 끝난 거냐?

끝났다니까, 언제적 얘길 하는 거야.

지영이 핀잔을 주었다. 성희는 개의치 않고 동철의 직장이 어디인지, 연봉은 얼마나 되는지 물었다.

하나씩 좀 물어봐.

은수가 끼어들었다. 그러자 성희가 은수를 보며 눈을 반짝였다.

야, 너넨 계속 만나는 거야?

은수는 한번 씨익 웃고 말았다.

네가 이십대인 줄 알아? 내가 친구로서 민용 오빠한테 한마디 해줄까?

지영이 성희야, 하고 부르고는 고개를 가로저었다.

오빠 부모님은 다 계셔? 가까운 사람이 이혼했거나, 뭐 다른 문제가 있는 거 아닐까?

성희가 또 물었지만 은수는 못 들은 척 딴청을 부렸다. 과일 먹을래? 하며 자리에서 일어났다.

은수랑 민용 오빠는 잘 지내잖아.

지영이 은수를 흘끔 보고는 말했다.

야, 너도 네 얘기 좀 해. 예전부터 은수는 남 얘기 듣기만 하고 자기 얘길 안하더라. 안 그러냐?

성희의 말에 지영도 대꾸가 없었다. 은수는 싱크대 쪽으로 가 조용히 배를 깎았다.

잠시 후 민용과 동철이 들어왔다. 동철은 자리에 앉고 민용이 은수를 거들어 과일을 깎았다. 유년 시절의 상처를 찾으려는 듯 성희는 민용의 뒷모습을 유심히 살폈다. 그러다가 민용이 식탁을 둘러볼 때 눈이 마주쳤다.

거기 빈 접시 좀 가져다줄래요?

민용이 상냥하게 말했고 성희는 빈 접시를 전부 가져다 싱크대에 올려두었다. 얼굴이 조금 붉어진 것 말고는 옆모습에서도 별다른 흠을 찾을 수 없었다. 다리를 흔들며 스마트폰 게임을 하던 동철은 설거지를 끝내고 자리에 앉는 민용의 얼굴을 보고 눈이 동그래졌다.

형, 울어요?

민용이 손등으로 눈가를 훔쳤다.

아, 맞다. 알레르기!

식탁을 탕, 치며 은수가 외쳤다. 민용의 얼굴 전체가 울긋불긋하고 눈도 벌겋게 충혈되어 있었다. 은수는 벌떡 일어나 청소기를 돌렸다. 청소기 소리에 놀란 코난은 창틀로 뛰어올라갔다.

진작 얘길 하시지.

성희는 코난을 안아 가방 안에 넣었다.

혹시 그사이에 체질이 바뀌지 않았나 해서.

민용이 별것 아니라는 듯이 세수를 하고 돌아와 물기가 촉촉한 얼굴로 말했다.

이러다가 나중에는 숨도 못 쉴 지경이 된 적도 있어.

치료 방법은 없어요?

딱히 없어. 그냥 고양이를 멀리하면 괜찮아.

민용은 휴지로 눈물과 콧물을 찍어내었다.

근데 적응될 거라고 믿고 키우는 사람도 있대. 그러다가 천식도 생기고 응급실에 실려 가는 사람도 있대.

민용에게 손수건을 주며 은수가 말했다.

고양이가 그렇게 좋은가봐.

지영이 막 울리기 시작한 스마트폰을 집어들었다. 스마트폰을 건네받은 성희는 네, 어머님, 금방 가요, 하며 자리에서 일어났다.

민호 깼대. 또 언제 보려나. 암튼 미안하게 됐어.

성희는 들어올 때처럼 커다란 가방을 들고 서둘러 나갔다. 워낙 급하게 나가느라 마중을 나갈 수도 없었다.

성희가 간 후에는 얼음 잔에 위스키를 한잔씩 돌렸다. 잔을 다 채운 후 민용은 식탁 가운데로 술잔을 들어올렸다. 은수와 지영, 동철 모두 잔을 부딪쳤다. 민용은 건배만 하고 술은 마시지 않았다. 재미있게 본 영화 몇편과 미국 드라마, 크리스마스를 어떻게 보냈는지 이야기하다보니 자정이 넘었다. 동철은 언더락 잔을 빠르게 비웠다. 지영이 적당히 마시라며 동철의 잔에 얼음을 가득 넣어주었다. 이벤트 회사의 기획팀장인 민용은 크리스마스이브인 토요일에도 야근을 했다고 말했다.

아까 오빠 계획은 얘기 안했죠?

난 뭐 특별한 거 없어. 꼭 뭘 계획해야 하나. 계획대로 못했다고 자책하고, 그러면 재미없잖아? 자기 시간을 가지는 게 중요한 것 같아. 돈 버느라 뭘 사느라 자기 시간은 없어지니까.

민용은 아직도 코를 훌쩍였다. 동철은 세 사람의 얼굴을 차례로 보다가 지영의 얼굴에서 멈추고 피식 웃었다. 지영에게서도 이런 비슷한 얘길 들은 적이 있었다.

자기 시간에 뭘 해야 하는데요?

동철이 묘한 표정을 지으며 물었다.

글쎄…… 뭘 하는 게 좋을까?

민용이 되물었다.

일기 쓰는 시간? 반성의 시간? 아, 난 잘못한 거 없는데. 요즘엔 말이에요.

동철이 인상을 찌푸리며 중얼거리듯 말했다.

오빠는 뭐 해요?

하품이 나오는 입을 가리며 지영이 물었다.

오빠는 음악 듣는 거 좋아해.

민용이 물을 한모금 마시는 동안 은수가 대답했다. 민용이 듣는 음반 중에는 한곡에 육십분이 넘는 것도 있었다.

은수는 책을 읽고 글을 쓰고. 난 은수가 계속 공부를 하는 게 좋더라.

민용이 은수의 팔에 손을 올렸다.

그러니까 자기만의 시간을 가져야 한다는 거죠? 음악 듣는 시간이요? 아무 소음이나 방해 없이. 밥 먹어라, 애들이랑 놀아줘라, 잘 시간이다, 형광등이 나갔다, 뭐 이런 소리 없이요?

딱히 누구의 흉내라고 할 것도 없이 동철이 과장되게 고개를 끄떡였다.

그거 솔직히 말해 이기적인 거 아니에요?

동철은 어깨를 으쓱했다. 지영이 식탁 아래에서 그의 허벅지를 꼬집었다. 은수는 천천히 숨을 들이마시며 민용을 흘긋 보았다. 민용은 노려보는 것처럼 동철을 보고 있었는데 알레르기 때문에 눈이 침침해져서인지 화가 나서인지 구분이 잘 되지 않았다.

결혼이야말로 이기적인 거 아닐까?

민용은 아무도 쳐다보지 않고 허공에 대고 물었다. 동철은 입술에 힘을 풀고 푸푸 소리를 내더니 양팔을 식탁 위로 올렸다. 초가 흔들리며 촛농이 쏟아졌다.

연봉이 형만큼 될 일은 없겠지만, 난 지금 직장에 만족해요. 그래도 난 운이 좋은 편이야. 채권일 다시는 안해.

지영이 앞 접시와 포크를 치우고 식탁 모서리로 밀려난 물컵은 민용이 치웠다. 동철은 눈을 아래로 내리깔고 지영의 손을 꼭 잡았다.

동철은 채권관리팀에서 일년을 일했다. 홀어머니를 모셔야 했다. 일년 후에는 고모부의 도움으로 화장품 회사에 입사했고 직장 동료에게 지영을 소개받았다.

야, 너 술 그만 마셔. 오늘 많이 취했다.

지영은 술잔도 옆으로 치웠다.

잠깐 나갔다 올게.

두 손으로 얼굴을 위아래로 쓸며 동철이 자리에서 일어났다.

나도 오늘 처음 들었어. 전에 친구 아버지 회사에서 일했다고만 들었거든.

지영이 아랫입술을 깨물었다. 셋은 가만히 식탁보 위에 떨어진 촛농이 굳어가는 것을 바라보았다.

현관문이 열리고 동철이 들어왔다. 차가운 공기 냄새가 났다. 잠깐의 정적을 깨고 동철이 흠흠, 헛기침을 했다. 어깨를 쭉 펴더니 지영의 손을 잡았다. 그는 웃고 있었다.

나 얼마 전에 프러포즈했어.

자리에 앉으며 동철이 말했다. 지영은 은수와 민용을 번갈아 보며 씽긋 웃었다.

우와, 축하해.

민용이 서둘러 말을 꺼내고는 은수를 쳐다보았다. 은수는 살짝 입술을 뗐지만 아무 말 하지 않았다.

드디어 했구나.

민용이 동철의 어깨를 한번 툭 쳤다.

축하해, 지영아.

뒤늦게 은수가 말했다. 한 손으로 머리카락을 뒤로 넘기며 은수는 미소 지었다.

프러포즈 어떻게 했어? 합격이야?

민용의 물음에 동철이 머리를 긁적일 때 스마트폰이 울렸다. 동철은 스마트폰을 가지고 베란다로 나갔다.

동철은 그동안 둘이 찍은 사진과 동영상을 이어 붙이고 자막을 덧입혀 프러포즈 영상을 만들었는데 지영의 마음에는 들지 않았다. 식상하다고 솔직하게 말했더니 동철은 며칠 밤을 새웠는데 알아주지 않는다며 뾰로통했다고 지영이 들려주었다. 은수는 지영의 얘기를 듣고 있지 않았다. 멍하니 지영 뒤편의 창밖을 보고 있었다.

정말 잘됐어. 날까지 잡았어?

몇분이 흐른 후에 은수가 물었다.

동철이는 내년 여름에라도 하자는데, 여름은 좀 빠른 것 같지? 준비하려면 좀 빠듯할 것 같아.

은수는 술잔을 만지작거렸다. 술잔에는 작은 얼음이 몇개 떠 있었다. 위스키가 출렁이며 얼음끼리 부딪히는 소리가 났다.

근데 은수야, 술 안 마셔? 얼음이 다 녹았어.

은수의 술잔을 보며 지영이 말했다.

응, 마셔.

은수 원래 술 잘 못하잖아.

붉어진 은수의 볼에 민용이 손등을 대었다가 술잔을 빼냈다. 은수의 손에서 술잔이 힘없이 빠져나갔다. 술잔을 쥐고 있던 빈손을 바라보던 은수는 처음 보는 사람처럼 민용의 얼굴을 쳐다보았다.

자신이 원하는 삶을 방금 빼앗긴 것 같았다. 민용이 냉동실에서 얼음을 꺼내온 후 자신의 팔에 손을 얹으려고 할 때 은수는 양손을 식탁 아래로 내려 옷매무새를 만졌다. 민용은 자신이 은수의 기분을 상하게 했는지, 자기도 모르게 말실수를 하지는 않았는지 생각해보았다. 그날 나눈 이야기들 대부분 평소에 은수와 나누던 말들이었다. 새로운 이야기는 없었다. 동철의 프러포즈도 전혀 놀랍지 않았다. 얼마 전부터 둘의 결혼 이야기가 오가던 것은 은수도 알고 있었다. 새로운 일이라면 그날 오전에 지영이 전화를 걸어온 것이었다. 프러포즈를 받았다며 지영은 은수 걱정을 했다. 자기가 결혼을 하면 친한 친구 중 수미와 은수만 빼고 모두 결혼을 한 셈이라고 했다. 민용은 그런 문제라면 은수는 신경 쓰지 않을 거라고, 걱정할 필요 없다고 했다. 그러자 지영은 민용에게 아직도 은수를 잘 모른다고 했다. 그동안 밤마다 전화를 걸어오는 은수에게 얼마나 시달렸는지 털어놓았다.

민용은 은수에게 몸이 좋지 않은지 물었지만 은수는 말이 없었다. 어머니와 통화를 마친 동철이 돌아온 후에 민용은 담배를 가지고 베란다로 나갔다. 지영도 같이 피우자며 따라 일어섰다. 식탁에는 은수와 동철, 둘만 남았다.

동철은 벽에 고개를 기대고 있었다. 어디서 바람이 들어오는지 촛불이 흔들리고 식탁 위에 그림자도 흔들렸다. 베란다에서는 민용과 지영이 얘기하는 소리가 희미하게 들려왔다. 은수는 식탁 위에 놓인 스마트폰을 집어들었다. 성희에게 잘 들어갔느냐는 안부

메시지를 보내려고 했는데 이미 메시지가 와 있었다. 생각 바뀌면 얘기해. 내가 신랑 친구 중에 괜찮은 사람 소개해줄게. 은수는 스마트폰을 도로 내려놓았다.

뭐 하나 물어봐도 돼?

은수가 애원하듯 물었다. 동철은 눈을 감은 채 고개를 끄덕였다.

결혼을 왜 하려는 거야?

그걸 질문이라고 하냐? 그냥 같이 살고 싶은 거지.

싱겁다는 듯 동철은 눈을 감은 채 머리를 벽에 비볐다. 은수는 동철을 바라보았다. 머리는 헝클어지고 셔츠는 구겨져 있었다. 동철의 얼굴은 피곤하고 우울해 보였다. 베란다에서는 웃음소리가 들려왔다. 잠시 후면 지영과 동철은 집으로 돌아갈 것이다. 민용도 출근 준비를 위해 자신의 집으로 출발할 것이고, 은수는 스터디 과제를 해야 했다. 은수의 방, 책장에는 그녀의 손때가 묻은 책들이 가지런히 꽂혀 있었다. 마음에 간직하고 싶은 문장들로 가득한 책이었다. 하지만 영어와 불어로 된 책을 읽는 일은 쉽지 않았다. 귀찮을 때도 있었다. 학교에서 읽어 오라는 책이 때로는 후회가 찾아오는 순간을 대비한 변명과 핑곗거리처럼 느껴질 때도 있었다. 오늘 같은 날이 그랬다. 은수는 고개를 숙이고 포크를 만지작거렸다. 아무 장식 없는 은색 포크의 손잡이는 매끈했지만, 자세히 들여다보면 가늘게 난 흠집이 보였다. 촛불에 비친, 잔잔한 무늬처럼 보이는 긁힌 자국들을 은수는 손으로 어루만졌다. 그러다가 한 손으로 포크를 움켜쥐었다. 그때 동철은 잠깐 눈을 떴다가 다시 감았다. 불

필요하고도 복잡한 상황에 놓이는 것을 동철은 끔찍이 싫어했다. 그런 상황에서는 손가락 하나 까딱하고 싶지 않았다. 그래서 그는 눈을 감은 채 팔짱만 바꿔 끼웠다. 그날 오전, 지영이 민용과 통화를 할 때 동철도 옆에 있었다. 은수의 기분을 잘 맞춰주자는 지영의 말에 동철은 왜 그래야 하느냐고 따지듯 물었다.

굳이 두번째 이유를 대라면 난 집이 지긋지긋해. 결혼으로 완벽하게 독립할 거야.

투덜거리듯 동철이 말했다. 은수는 동철의 말에 놀라 입을 조금 벌렸다. 그리고 아무도 모르게 사탕을 입에 넣은 사람처럼 조용히 입을 다물었다. 어디선가 익숙한 멜로디가 들려왔다. 은수는 고개를 끄덕이며 어느 정도 기운을 차릴 수 있었다. 어떻게 될지 뻔히 알면서 왜 그런 선택을 하는 걸까. 은수는 알 수 없었다. 상처받을 지영을 생각하면 마음이 아팠다. 벌써 지영이 걸어오는 스마트폰 벨 소리가 들리는 것 같았다. 은수는 다짐했다. 세미나와 발제 준비로 더 바빠질 테지만 지영의 전화를 모른 척하지 않을 것이라고, 어떤 이야기든 들어주리라고 마음먹었다.

그런 슬픈 표정 하지 말아요. 나는 포기하지 않아요. 그대도 우리들의 만남에 후횐 없겠죠.

한 남자가 큰 소리로 노래를 부르며 지나갔다.

저 아저씨 열창하시네. 저 노래 좋아했는데.

민용이 담뱃재를 털고 말했다.

오빠도요? 라디오에서 저 노래 나올 때 기다렸다가 가사 받아 적었어요.

지영의 목소리에 생기가 돌았다. 노래의 멜로디와 그다음 가사를 떠올렸다.

어떻게든 결혼하고 싶은 적이 있었어요. 그런데 막상 결혼한다니까 이젠 올해의 계획 같은 건 세워봤자 소용이 없는 건가 싶기도 해요.

지영이 담배 연기를 길게 내뿜으며 말했다.

우리 아버지는 완벽하게 가정적인 분이었어. 난 아버지를 좋아하고 존경하지만, 이런 생각이 들더라. 난 그렇게 해낼 자신이 없다는.

민용이 두드러기가 가득한 얼굴로 웃었다. 지영은 천천히 고개를 끄덕였다. 차가운 공기 속에 수많은 집과 몇몇 불빛이 보였다.

신혼여행은 어디로 가는 거야?

옅은 담배 냄새를 풍기는 지영이 거실로 들어오자 은수가 물었다.

지영아, 다시 한번 축하해.

은수가 활짝 웃으며 지영에게 바짝 다가갔다. 그때 지영은 자기도 모르게 뒤로 한발 물러났다. 은수의 눈길에서 말로 설명하기 어려운 어색함을 느꼈다. 하지만 내색은 하지 않았다. 생각보다 조용히 이 자리가 끝나가고 있음을 다행으로 여겼다. 이런 어색함은 시간이 지나면 자연스럽게 사라지거나 아니면, 익숙해질 거라고 생각했다.

다시 모인 네 사람은 돌아가면서 좋아하는 음악을 틀었다. 케이팝, 영화음악, 팝송, 7080가요가 흘러나왔다. 음악을 들으며 은수는 민용의 손을 잡았다. 과일 몇조각을 먹다가 지영은 깜빡 졸았고, 동철은 의자를 벽 쪽으로 돌려 기대어 앉았다. 누군가 초를 껐다. 새까맣던 창밖이 조금씩 환해지고 있었다. 조용한 노래 한곡이 끝나고 적막해졌을 때 민용이 마지막으로 재채기를 했다. 술과 잠에 취해 있던 동철이 화장실에 다녀오며 어깨로 벽의 스위치를 건드리자 거실 등에 불이 들어왔다. 해가 잘 들지 않는 투룸의 새벽, 형광등 아래 네 사람의 얼굴은 창백했다. 우연히 밖에서 잠깐 봤을 때처럼 낯설었다. 그들은 잠깐 잠이 들었다가 깨어난 사람처럼 몸을 추스르며 자리에서 일어났다. 밤새 꺼내놓은 말들을 쓸어 담듯이 분주히 움직였다. 민용은 고개를 돌려 손수건으로 콧물을 닦았고, 지영은 담뱃갑과 라이터를 찾으러 베란다로 나갔다. 식탁 위에 타다 남은 초는 반구 모양이 되었고, 치즈는 말라붙어 있었다. 마른안주와 치즈가 뒤섞인 냄새가 났다. 민용이 빈 술병을 한데 모으고, 은수는 남은 음식을 냉장고에 넣거나 버렸다. 그릇과 술잔, 포크를 전부 개수대에 넣었다. 민용과 동철이 식탁을 들어 옮겼다. 촛농과 음식물로 얼룩진 상앗빛 식탁보를 벗기자 식탁은 깨끗했다. 다시 한쪽 벽에 붙인 식탁 위에는 아무것도 없었다.

소파

현관에 들어서자마자 서윤은 그녀가 맡은 학생의 활동보조인에 대해 이야기했다.

종로3가역으로 온다더니 나중에는 못 오겠다는 거야.

서윤은 인사동에서 현장학습이 끝난 후 의정부역까지 학생을 데려다줘야 했다.

저번 현장학습 때도 그런 적 있지 않나?

눈을 가늘게 뜨며 준우가 물었다. 준우는 집에 먼저 와 있었다.

이번에도 그 말을 믿어버렸지. 근처까지 갈게요,라고 분명히 말했거든.

결국, 거짓말을 한 거네. 그런 사람들이 있잖아.

준우가 말했다.

준우와 서윤은 몇년 전에 사회복지사를 위한 워크숍에서 만났다. 장애인복지관에서 준우는 아동을, 서윤은 성인을 맡아 교육했다. 직접 수업도 하고 업무도 봐야 해서 항상 일이 많았는데 이번 주는 더 피곤했다.

오늘 어떻게 할까?

오늘은 금요일이었고 냉장고 안에는 레몬 닭고기탕수를 만들 수 있는 재료가 있었다. 꽤 오래전에 사다놓은 것들이었다.

시작하자.

서윤이 말했다.

먼저 고기를 재워야지.

준우가 주방으로 갔다. 서윤도 옷을 갈아입고 함께 준비하기 시작했다. 냉장고에서 닭고기와 달걀, 싱크대 아래에서 간장, 소금, 후추 등을 꺼내놓았다.

마늘 어디 있지?

준우가 물었다.

마늘이 똑 떨어졌네. 녹말가루도 없고.

베란다와 찬장을 살펴보고 나서 서윤이 말했다.

사온다는 걸 깜빡했네. 녹말가루는 소스에도 필요한데. 그냥 냉장고에 있는 반찬 꺼내 먹을까?

그녀가 싱크대 앞에서 물러나 식탁 의자에 털썩 앉았다.

그것도 괜찮지. 나는 다 좋아.

준우가 한쪽 팔로 다른 팔을 문질렀다. 그의 몸은 옆으로 퍼진

체형이었다. 목은 굵고 불거져 나온 광대뼈는 투박했다.

내가 사올게. 금방이잖아.

그는 간단하게 나갈 채비를 했다. 준우는 칠부바지를 입고 있었다. 살짝 안짱다리인 준우는 한여름에도 반바지를 입지 않았다. 반면에 서윤의 다리는 길고 곧았다. 그의 친구들은 그녀의 다리가 고속도로 같다고 했다.

준우가 현관을 나서기 전에 그녀가 의자에서 일어나며 물었다.

그건 어떻게 됐어?

준우는 발뒤꿈치를 신발에 넣기 위해 숙였던 상체를 천천히 일으켰다.

아까 통화했잖아.

그는 대답하며 목뒤를 주물렀다.

안된 거지?

서윤은 준우의 얼굴에서 무언가를 기대하는 것 같았다. 준우는 그녀의 눈길을 피하지 않고 고개를 끄덕였다. 그러고 나서 고개를 뒤로 젖혀 좌우로 움직였다. 누군가 그의 목뒤를 누르고 있는 것처럼 뻐근할 때가 있었다. 고개를 움직이면 찌릿한 통증이 느껴졌다. 한 손으로 목뒤를 주무르는 것은 이제 그의 습관이 되었다.

준우가 나간 후에 서윤은 고개를 끄덕이며 의자에 앉았다. 주방에 난 작은 창에서 늘어진 해가 그녀의 발끝에 간신히 닿았다. 냉장고 소리 말고는 조용했다.

준우가 마늘과 녹말가루를 사 왔다.

감자 전분이 더 좋은데. 하지만 이것도 괜찮을 거야.

서윤이 검은 비닐봉지를 받으며 말했다. 그들은 마주 보고 힘없이, 하지만 부드럽게 웃었다. 두 사람은 지인들에게 이목구비는 다르지만 웃는 모습이 닮았다는 말을 들어왔다. 그들은 친하게 지내는 사람들을 이 집으로 여러번 초대했었다. 서윤은 좁은 집을 재미있는 이야깃거리로 만들었다. 다음에 제대로 된 집들이를 할 것이라고 사람들에게 말해두었다. 준우는 그 약속을 지키고 싶었다. 그는 실없는 말을 하지 않으려 노력했고 남들에게 아쉬운 소리도 되도록 하지 않았다. 택배는 번거롭더라도 사무실 주소로만 주문하고 집으로 오는 등기 우편물은 나중에 집중국으로 직접 찾으러 갔다. 경비실이 없는 빌라여서 이웃집이나 동네 슈퍼에 부탁해야 했는데 내키지 않았다. 그런 점은 서윤도 마찬가지였다.

석달 전에 딱 한번, 취향이 맞지 않는 사람과 어울린 결과는 참담했다. 그들이 모은 돈과 양가 부모님께서 보태준 돈을 잃었다. 준우와 서윤은 이번 주까지 새로운 소식이 없다면 그 돈을 포기하기로 했다. 이 일로 평생을 허우적거리고 싶지 않았다. 그가 공인중개사협회를, 그녀가 법률사무소를 맡았지만 별 소득은 없었다.

준우가 밑간을 하는 동안 서윤은 레몬소스 재료를 준비했다. 고기를 재워놓고 잠시 기다리는 동안 그녀는 잡지를 펼쳤다. 잡지에는 자주색 팬츠에 흰 셔츠를 입은 갈색 머리의 남자가 있었다. 셔츠는 젖어 있고 햇볕에 그을린 팔뚝은 탄탄했다. 턱선과 입술선이

날렵한 남자의 뒤로는 푸른 바다와 흰 배가 보였다.

배고파?

서윤 앞에 마주 앉은 준우가 말을 걸었다.

군침이 돌아.

그녀는 갈색 머리 남자가 섹시하다고 생각하며 잡지를 넘겼다.

여기 이런 것도 있네. 하이힐인데 구두 바깥쪽이 전부 분홍색 털이야. 이렇게 쓸모없는 물건일수록 더 비싸.

그녀는 준우에게 잡지를 밀어놓고 소파를 보았다. 주방 겸 거실에는 소파가 놓여 있었다. 서윤은 스마트폰을 집어들어 중고거래 사이트를 확인했다. 그녀에게 온 쪽지는 없었고 올려놓은 게시물에는 쓸데없는 댓글만 달려 있었다.

저건 우리 마지막 소파야.

그녀가 스마트폰을 탁 내려놓았다.

언제부터 그런 생각 했어?

그가 잡지를 덮으며 물었다.

매일매일. 이제 우리는 당분간 꼭 필요한 것만 사야 해. 그렇지?

그녀는 아이를 어르는 엄마처럼 말했다.

의자는 꼭 필요하지만, 소파는 아니야.

그녀의 말에 그는 고개를 끄덕였다.

그들은 아직 한번도 언성을 높이지 않았다. 대단한 노력의 결과였다. 그는 차례대로 그녀의 얼굴을 보았다. 이마, 코, 인중 그리고 턱을 보았다.

치아 교정하는 게 어때?

이마를 손등으로 문지르고 난 후 그가 물었다.

옛날엔 하고 싶었는데 지금은 아니야.

그녀는 앞머리를 이마 위로 넘기며 선풍기를 꺼내달라고 했다. 준우는 선풍기를 꺼내고 집 안의 창문을 모두 열었다.

서윤은 재워둔 고기에 녹말가루를 섞어 버무리고 준우는 달군 프라이팬에 고기를 한조각씩 떼어 넣었다. 주방이 열기로 후끈해지면서 준우의 티셔츠가 젖기 시작했다. 그는 긴 나무젓가락으로 가라앉았다가 떠오르는 닭고기를 건져냈다. 노릇하게 튀겨지지 않은 것은 다시 넣었다. 서윤은 소스를 끓였다.

얼굴이 빨개.

그녀가 그를 보며 말했다. 그의 몸은 점점 뜨거워지고 있었다. 초인종이 울렸다. 그들은 마주 보았지만 찾아올 사람이 떠오르지 않았다. 서윤이 현관문을 열었다.

수경씨.

서윤이 목소리를 높였다. 준우가 고개를 돌려 아이를 안고 있는 여자에게 인사했다. 아이는 몸을 뻗대고 있었다. 고깃덩어리가 젓가락에서 떨어지면서 준우의 팔뚝에 기름이 몇방울 튀었다. 그는 자신의 피부가 붉게 변하는 것을 보았다.

도둑이 들었어요.

수경은 깜짝 놀란 것 같은 눈으로, 하지만 차분한 목소리로 말했다. 준우가 가스불을 끄고 돌아섰다. 서윤은 수경에게 괜찮은지 물었다. 다행히 집 안으로 들어오기 전에 발각되어 달아났다고 했다.

서윤씨네도 걱정돼서요.

들어오세요.

서윤이 몸을 뒤로 빼며 말했다.

여긴 별일 없죠?

네…… 아무 소리도 못 들었어요. 많이 놀라셨겠네요.

식사 준비 중이신가 봐요.

수경은 준우를 쳐다보았다. 현관에서는 주방 겸 거실이 훤히 보였다.

그럼 올라갈게요.

수경은 머뭇거리다가 현관에서 한걸음 물러났다.

수경이 돌아간 후 준우와 서윤은 다시 가스레인지에 불을 켰다. 가스 냄새만 나고 불꽃이 일지 않았다. 준우는 버튼을 더 오래 눌렀다.

이 시간에 도둑이 들었다고? 이제 어두워지기 시작했는데?

그의 코와 이마에는 땀이 맺혀 있었다.

이쪽 길이 어둡잖아. 건물과 건물 사이라 지나가는 사람도 없고, 가로등도 없고.

저번에도 말했지만, 타고 올라갈 곳이 없는데.

준우는 고개를 갸우뚱했다. 그는 튀긴 닭고기를 접시 위로 옮겼다. 끓인 소스를 그 위에 뿌리자 그럴듯해 보였다. 준우와 서윤이 자리에 앉아 젓가락을 들려고 할 때 초인종이 울렸다. 조금 전과 똑같은 모습으로 수경이 그녀의 아이, 동우를 안고 서 있었다.

식사 중에 죄송해요.

문가에 선 서윤은 수경의 다음 말을 기다렸다.

아무래도 집에 못 있겠어요.

수경의 눈은 너무 커서 내리뜰 때도 치켜뜨고 있는 것 같았다.

들어오세요. 막 식사하려던 참이었어요.

나긋한 목소리로 서윤이 말했다. 수경은 집 안으로 들어와 동우를 서윤의 앞에 세웠다. 그녀는 서윤이 동우의 머리를 한번 쓰다듬은 후에도 아이의 어깨를 잡은 채 잠시 서 있었다. 수경이 어깨를 풀어주자 동우는 식탁을 지나 소파 앞으로 아장아장 걸어갔다. 2인용과 1인용 소파가 ㄱ자 모양으로 빈틈없이 맞닿아 있었다. 그런 배치가 아니면 놓일 수 없는 공간이었다. 준우는 동우를 번쩍 들어 올렸지만 아이는 재미있어하지 않았다. 준우는 동우를 그대로 내려놓았다. 아이의 얼굴은 약간 길쭉하고 눈은 수경처럼 굉장히 컸다.

신고는 했어요?

훔쳐간 것이 없다니까 그냥 갔어요. 경찰은 대수롭지 않게 여기더라구요. 남편이 오늘 야간 근무라 동생이 데리러 오기로 했는데, 그때까지만 있을게요.

수경과 가까이 섰을 때 준우는 자기도 모르게 킁킁거렸다. 담배 냄새가 나는 것 같았다.

제가 지금 정신이 좀 없어요. 왜냐하면, 도둑이 들었잖아요.

화장을 전혀 하지 않은 수경의 얼굴은 지치고 우울해 보였다. 그러나 그런 표정이 준우의 동정심을 불러일으키지는 못했다. 세 사람은 자리에 앉았다. 서윤은 소파가 차지하는 공간 때문에 의자를 움직이기 불편했다. 준우는 식탁 모서리에 앉았다.

한 젓가락을 입에 넣은 서윤이 탄식을 내뱉었다. 마음에 쏙 드는 것이 있을 때 서윤은 저런 소리를 냈다. 석달 전에 준우와 서윤은 지하철역에서 멀지 않은 전원주택을 소개받았다. 테라스가 있고 한쪽 외관이 노란색으로 칠해진, 막 공사를 마친 이층집이었다. 그 집을 보며 서윤은 감탄했다. 채광이 좋고 작은 정원도 가꿀 수 있었다. 준우와 서윤은 그 집을 자신들의 보금자리로 결정했다. 그 탓에 집과 돈이 모두 사라졌다.

준우는 튀김옷 위에 레몬소스가 듬뿍 묻어 있는 닭고기를 입에 넣어 씹기 시작했다. 속살이 뜨거웠지만, 그는 한번도 입을 벌리지 않고 그대로 넘겼다. 서윤과 수경은 요리법에 대해 말했다. 수경은 요리를 칭찬했다. 그러다가 말없이 식사했다. 날벌레가 식탁 위를 한바퀴 돌더니 수경의 얼굴 앞에서 맴돌았다.

향수 뿌리셨나봐요.

서윤이 말했다.

전 향수 안 써요. 왜냐하면, 사치니까요.

준우는 수경이 왜냐하면,이라고 말하는 것이 거슬렸다. 숨기는 게 있어서 그런 식으로 말하는 것 같았다. 수경은 소스가 맛있다며 더 달라고 했다. 준우가 소스를 끓인 냄비를 가져와 덜어주었다. 수경이 접시를 준우 쪽으로 너무 밀어 소스의 반은 식탁 위로 흘러내렸다. 서윤이 수경에게 냅킨을 주고 준우는 소스를 접시 위에 더 덜어주었다.

고마워요. 준호씨.

준우는 냄비를 가져다 놓으려다가 멈칫하고 수경을 쳐다보았다. 전에도 몇번 이름을 바로잡아준 적이 있었다. 준우는 수경과 눈이 마주치자 화가 나지 않았다는 것을 보여주기 위해 웃어 보였다. 수경도 미소 지었다.

동우는 레고에 푹 빠졌네요.

준우가 말했다. 동우는 소파 위에서 유아용 레고를 일렬로 세우고 있었다.

한번 빠지면 몇시간이고 가지고 놀아요.

수경은 걱정스러운 눈으로 동우를 바라보았다. 그녀는 아이의 얼굴이 우울해 보여서는 안된다고 생각했다. 결혼 전 부모님의 가게를 보는 그녀에게 어느 단골손님이 조언을 해주었다. 웃는 얼굴로 손님을 맞아야 한다고 했다. 그녀는 그 말에 수긍할 수 없었다. 웃을 일이 있으면 웃었지만 그렇지 않을 때는 웃지 않았다. 억지로 밝은 표정을 짓고 싶지 않았다. 그러나 수경은 동우가 시무룩해 보여서 마음에 걸렸다.

식사를 마친 후에는 커피를 마셨다.

어머 똑같은 소파네요. 저희도 이사 가면 이런 소파를 사야겠어요.

서윤이 보던 잡지를 뒤적거리다가 수경이 말했다. 수경은 동우를 일으켜 안았다.

소파가 움직여요.

수경이 동우가 앉았던 자리를 보고 말했다. 소파의 가죽은 푹 찌그러져 있다가 곧 평평해졌다. 가구점 직원이 스펀지의 탄성이 높고 복원력이 뛰어나 오래 사용해도 쿠션이 꺼지지 않는다고 했다. 잡지에 나오는 소파였고 백 퍼센트 천연 가죽의 핸드메이드 제품이었다. 서윤은 소파를 사고 나서 정말 뿌듯해했다. 며칠 동안은 잠들 때마다 소파를 생각했다.

어디서 샀어요? 꽤 비싸겠어요.

수경은 소파의 가격이 궁금했다. 잡지에는 나와 있지 않았다.

세일을 많이 할 때 샀어요.

어깨를 한번 으쓱하며 서윤이 웃었다. 준우와 서윤은 두달에 걸쳐 많은 것들을 샀지만 모두 반품하였다. 소파는 그럴 수 없었다. 현금으로만 구매할 수 있고 환불은 되지 않는다는 조건으로 할인을 받은 것이었다.

기름통을 밖에 내놓는 게 좋겠어.

서윤이 말하자 준우가 일어나 통을 베란다에 내놓았다. 기름은 아직도 뜨거웠다. 밖은 완전히 어두워졌고 멀리서 드릴 소리가 들렸다.

원래는 새우 요리도 하려고 했는데, 오늘 퇴근이 늦어지는 바람에 못했네요.

머리를 묶으며 서윤이 수경에게 말했다.

오늘 현장학습을 갔다가 한나를 잃어버릴 뻔했거든요. 아, 한나는 저희 복지관 학생이에요.

서윤은 그녀의 반 학생인 한나에 대해 이런저런 얘기를 들려주었다. 준우는 서윤을 쳐다보며 자리에 앉았다.

매일 가는 길이 아니면 혼자 집을 못 찾거든요.

서윤은 수경의 눈빛이 심각해지는 것을 느꼈다.

어디에서 찾았어요?

수경이 물었다. 서윤은 잠시 뜸을 들이다가 인형을 파는 좌판 앞에, 한나가 좋아하는 캐릭터 인형 앞에 넋을 잃고 서 있었다고 했다.

한나의 증상이 어떻지요?

수경은 진심으로 걱정된다는 듯이 물었다.

증상이요?

서윤이 되물었다.

한나는 언어능력이 많이 부족한 편이에요. 그런데 증상이라는 말보다는 특성이라고 하는 편이 좋아요. 한나는 병에 걸린 게 아니니까요.

서윤이 미소 지으며 상냥하게 말했다.

아, 미안해요. 두분이 정말 좋은 일을 하고 계세요.

수경이 조심스럽게 말했다. 준우는 잠자코 있는 서윤과 겁에 질린 얼굴의 수경을 번갈아 쳐다보았다. 서윤은 준우와 눈이 마주치자 어깨를 으쓱했다.

그런데 도둑이 어디로 들어왔어요?

준우가 물었다.

저기요.

수경은 미닫이문 너머로 보이는 침실 쪽 창문을 당당하게 가리켰다.

도둑 얼굴을 봤어요. 그 표정과 눈빛, 잊을 수가 없네요.

커피 한모금을 마시고 나서 수경이 말했다.

들어오다가 눈이 마주쳤어요. 우리 집엔 저쪽에 화분이 있거든요. 그게 깨졌다니까요.

서윤은 도둑이 자신들의 침실 창문을 지나갔을지도 모른다는 생각을 했다. 도둑의 얼굴을 어렴풋이 상상해보고 소름이 끼쳤다. 준우는 다른 남자의 얼굴을 떠올렸다. 준우와 서윤은 그 남자와 식사를 하고 차를 마시며 함께 웃었었다. 남자는 언제든 이사 와도 된다고 했다. 남자와 악수를 하고 계약서를 주고받았지만, 그는 노란색 이층집의 주인이 아니었다. 지금은 다른 사람들이 그 집에 살고 있었다. 준우는 그 남자가 나오는 꿈을 종종 꾸었다.

한달에 두번이나 도둑이 들다니……

준우가 중얼거리듯 말했다.

그러니까요. 이런 동네라니. 우린 이 동네에 안 어울리잖아요. 서윤씨네가 오기 전까지는 말동무도 없었어요. 한번은 1층 할아버지를 동네 도서관에서 만났는데, 자료실에서 뭘 했는지 알아요?

수경은 커피잔을 내려놓았다.

발톱을 깎았어요. 다 깎고는 의자를 탁탁 털고 양말을 신고 다시 책을 봤어요. 무슨 책을 보는 건지! 난 이제 도서관에 안 가요. 서윤 씨네는 일년도 안 살았잖아요. 그리고 곧 이사 가잖아요. 여기서 나갈 날짜를 정하고 지내면 견딜 만하죠.

수경은 말을 마치고 숨을 고르며 눈을 깜빡였다. 준우는 자리에서 일어나 동우에게로 갔다.

아, 휴대폰을 놓고 왔네요. 전화가 올 텐데.

수경은 말하고도 움직이지 않았다.

당신이 다녀오는 게 어때? 괜찮으시면요.

서윤이 준우와 수경을 번갈아 보았다. 준우는 동우 옆에 앉자마자 일어섰다.

TV 옆이나 식탁 위에 있을 거예요.

수경이 준우를 배웅했다.

준호씨, 고마워요.

준우는 수경의 얼굴을 바라보았다. 다시는 수경에게 이름을 알려주지 않겠다고, 그녀가 자신의 이름을 잘못 알고 있는 것이 오히려 낫다고 생각하며 현관을 나섰다.

휴대폰은 거실 바닥에 있었고 화분은 보이지 않았다. 장난감 몇 가지를 빼고는 잘 정리되어 있었다. 준우는 미닫이문을 지나 침실 창문 앞으로 갔다. 빡빡한 창문을 열고 밖을 내다보았다.

여기로 올라왔단 말이지?

그는 혼잣말을 했다. 밖을 잘 보기 위해 창문을 더 열고 싶어 그는 양손으로 창을 힘껏 밀었다. 찌그러진 창틀에 걸려 있던 창문이 갑자기 움직이는 바람에 그의 몸은 나동그라졌다. 팔꿈치가 아리고 팔뚝이 쓰라렸지만 그는 아무 소리도 내뱉지 않았다. 그는 상체를 내밀어 자신의 침실 창문을 내려다보았다. 역시 어둡고 외진 곳이었다. 몸을 바로 한 후에는 침대 옆에 있는 서랍장을 열었다. 여자와 남자의 속옷이 접혀 있었다. 오래되고 낡아 보였다. 그는 한 손을 들어올렸다. 그의 어머니는 속옷 서랍의 한구석에 무언가를 넣어두곤 했다. 서랍 깊숙이 손을 넣자 단단한 것이 만져졌다. 스프링 달린 작은 노트였다. 노트에는 숫자들과 이름이 적혀 있고 서윤의 이름도 있었다. 서윤의 이름 옆에 적힌 금액은 큰 액수가 아니었다. 그들이 잃은 돈에 비하면 무척 적다고 할 수 있다. 그는 손바닥 전체로 목뒤를 주물렀다. 뒤 페이지에는 메모가 있었다. '나는'으로 시작하는 문장들이었다. 준우는 숨소리를 죽이고 몇개의 메모를 읽었다. 수경은 동우와 남편을 진심으로 아끼는 것 같았다. 그 때문에 그녀는 괴로워하고 있었다. 일기는 그런 내용이었다. 준우는 궁금증이 풀렸다는 듯 고개를 끄덕이고는 노트를 제자리에 넣고 거실로 나왔다. 맨발바닥이 거실 바닥을 스치는 소리가 크게 들리고 팔뚝이 스친 벽지에는 얼룩이 생겨났다.

그는 싱크대 위 눈높이에 있는 선반의 손잡이를 당겼다. 안에 있는 물건들을 눈으로 살펴보다가 또 한번 고개를 끄덕였다. 그는 선반을 닫았다가 다시 열었다. 선반 안으로 손을 밀어넣어 무언가를 꺼냈다. 칠부바지 주머니에 손을 넣은 채 현관으로 향하던 그는 선반 옆 책장에서 눈에 익은 책을 한권 발견했다. 참고 삼아 본 적이 있지만 좋은 책은 아니었다. 책을 펼쳐본 그는 고개를 갸우뚱했다. 예전에 그가 했던 메모들이 보였다. 그 책은 그의 것이었다. 그는 책을 빠르게 넘기다가 자폐 조기진단 항목에서 멈추었다. 페이지가 크게 접혀 있었다. 손가락으로 책장을 두드리던 그는 책을 제자리에 꽂아놓았다.

준우가 돌아왔을 때 수경과 서윤은 소파에 앉아 있고 동우는 바닥에서 놀고 있었다. 그는 달라진 분위기를 느꼈다. 그들 사이에 무언가 오고 간 것이 분명했다.

베란다 쪽에서 무슨 소리가 들렸는데.

서윤이 말했다. 그녀의 속눈썹이 젖어 있었다. 준우는 대꾸하지 않고 휴대폰을 식탁 위에 올려놓았다.

당신 얼굴이 빨개.

서윤이 말했다. 그는 손바닥으로 얼굴을 한번 문지르고 식탁의 자기 자리에 앉았다. 그는 땀에 흠뻑 젖어 있었다.

서윤씨에게 얘기 들었어요.

수경이 준우에게 다가와 목소리를 낮추며 말했다.

이사는 더 있다 가신다구요.

준우에게는 수경의 목소리가 허스키하게 들렸다. 그는 말을 하기 위해 숨을 몰아쉬었다.

아, 걱정하지 마세요. 저희가 문제없이……

여름이 오고 있어요.

준우가 말을 마치기 전에 수경이 말했다. 그녀는 여름이 오고 있으니 어디론가 피해야 한다는 듯 동우를 안고 좁은 거실을 서성였다.

여기 여름이 어떤지 모르죠?

수경이 날카롭게 물었고 동우는 울기 시작했다.

전 네번째예요. 천 기저귀를 널었는데 거기에 곰팡이가 피었어요. 아무리 빨아도 지워지지가 않았죠.

수경은 동우를 어르며 돌아다녔다. 그녀의 볼이 붉어졌다. 서윤은 아무 소리도 들리지 않는 것처럼 꼼짝하지 않고 앉아 있었다. 준우는 수경을 보며 그녀의 필체를 떠올렸다. 글씨체는 정갈했지만 굵은 볼펜으로 눌러쓴 몇개의 단어는 얇은 종이를 뚫고 나갈 것 같았다.

이 집에서도 냄새가 나요. 언제 벗어날지 모른 채 버티는 게 얼마나 끔찍한지!

수경은 동우의 얼굴에 자신의 얼굴을 맞대고 외쳤다. 잠시 후에 준우는 서윤이 높게 내지르는 말에 깜짝 놀랐다.

소리 지르지 마세요. 여기서 제발 소리 지르지 마세요.

네? 내가 소리를 질렀다구요?

수경이 멈춰 섰다.

네.

내가요?

서윤과 수경은 서서 말을 주고받았다.

목소리가 좀 컸잖아요.

서윤이 말끝을 흐렸다.

준호씨, 제가 소리를 질렀나요?

수경의 커다란 눈이 준우를 향했다. 준우는 그녀의 시선을 피했다. 대답을 기다리다가 수경이 외쳤다.

소리 지르지 않았어요. 난 소리를 지르지 않아요.

세 사람은 멈춰 서서 서로를 번갈아 보았다. 수경은 준우에게 똑같은 질문을 했다. 준우는 잠시 뜸을 들였다. 잠을 이루지 못하는 밤에 수경과 그녀의 남편이 싸우는 소리가 들리곤 했다. 주로 수경이 말했다. 동우가 크게 울기 시작하면 다툼은 잦아들었다. 그때의 억양과 말투가 떠올랐다.

소리 지르진 않았죠.

준우는 말을 마치고 입을 굳게 다물었다. 서윤은 몸을 획 돌려 화장실로 들어갔다. 화장실 문이 쾅 닫히고 그는 잠시 멍했다. 차가 쓰레기 담긴 봉투를 밟는 소리와 오토바이 소리가 들렸다. 레고를 쥐여주자 동우는 울음을 멈추었다. 준우는 화장실에서 무슨 소리가 나는지 귀 기울였다. 그들에게 심각한 일이 벌어진 것 같았다. 그러나 잠시 후에는 별일 아닌 것 같기도 했다.

들어갈 때와는 달리 차분한 걸음으로 서윤이 화장실에서 나왔다.

수경의 휴대폰이 울렸다.

오분 후면 도착한대요. 거의 다 왔대요.

수경이 말했다.

동우야, 이제 가야지?

서윤이 동우에게 다가갔다. 그녀는 미소를 띠고 있었지만 사나워 보였고 준우는 그런 모습이 낯설었다. 서윤은 동우의 손에 있던 레고를 낚아챘다. 동우는 한동안 눈을 동그랗게 뜨고 있다가 바닥에 있던 레고를 집으려 손을 뻗었다. 서윤은 동우의 손이 닿기 전에 그것마저 치워버렸다.

지금 뭐 하는 거야?

준우가 서윤에게 다가갔다.

나갈 준비를 해야지.

서윤이 부드러운 목소리로 침착하게 대답했다. 수경은 준우와 서윤의 사이를 비집고 서윤의 옆에 섰다.

어떤가요?

수경은 두 손을 모으고 공손한 태도로 물었다.

글쎄요.

서윤이 말했다. 그녀의 표정은 차가웠다.

준호씨 생각은 어때요?

그는 아무 말도 하지 않고 가만히 있었다. 어깨부터 팔과 다리로, 차례대로 힘이 빠져나가는 것 같았다.

내일 시간 돼요?

수경이 서윤에게 바짝 다가갔다.

같이 가줄래요? 무서워죽겠어요. 사실 난 도둑도 안 무서워요. 우리 집에 있는 걸 다 훔쳐가도 좋다니까요.

수경이 두 손으로 서윤의 손을 잡았다.

남편은 내 말 안 들어요. 조기진단 항목 23개 중 19개가 동우가 하는 행동이에요.

수경의 눈가를 둘러싸고 있는 흐린 색의 눈썹은 먼지처럼 보였다.

동우는 말을 거의 안해요. 18개월이면 단어 20개는 써야 할 텐데요. 우린 이 집에 너무 오래 살았어요. 여기서 동우를 낳고 키웠다구요.

수경은 울음을 참기 위해 신음 같은 것을 냈다. 그녀의 피부색은 눈 밑 굴곡에 따라 약간씩 달랐다.

동생분 기다리시겠어요.

서윤은 수경의 손을 한두번 토닥였다. 그녀는 손을 빼내고 동우의 레고를 내밀었다. 수경은 징그러운 벌레를 본 것처럼 얼굴을 찡그렸다. 그녀는 양쪽 주머니에 레고를 넣고 동우를 안았다. 동우는 들어올 때처럼 뻗대기 시작했다.

수경이 돌아가고 준우와 서윤은 화장실에서 양치질을 했다. 서윤은 양치질을 오래 했다. 칫솔질을 세게 하고 입안을 여러번 헹구었다.

수경씨는 동우한테 자폐 증세가 있다고 생각해.

양치질을 다 마친 후에 서윤이 말했다. 서윤은 안쪽 어금니 사이로 깊숙이 치실을 밀어넣었다. 비명을 지를 듯이 턱을 뒤로 밀어내며 입을 크게 벌렸다. 잠시 후에는 침을 탁 뱉었다. 침에 피가 섞여 나왔다. 마지막으로 그녀는 이를 앙다문 채 입술을 위아래로 힘껏 벌렸다. 그녀의 얼굴에 흠이 하나 있다면, 반듯하지 않은 것이 하나 있다면 그것은 두개의 앞니였다. 한쪽이 한쪽을 살짝 덮고 있었다. 그녀의 치아는 매우 하얗지만 나란하지 않고 어긋나 있었다.

그 집에 화분은 없었어.

준우가 거울 속의 그녀를 보며 말했다.

우린 수경씨한테 돈을 꿨어. 잊은 건 아니지?

그녀는 수건으로 입가를 닦았다. 그는 고개를 끄덕였다. 뭔가 더 말하려다가 말고 바지 주머니를 만지작거렸다.

준우와 서윤은 침대에 누웠다.

왜 소파를 아무도 안 사지?

그녀는 상체를 일으켜 앉았다. 그리고 좌우로 몸을 흔들었다.

아, 그렇게는 하지 마.

그가 말했다. 그녀가 동작을 멈추고 그를 쳐다보았다.

새로 온 복지사가 컴퓨터 앞에서 늘 그렇게 해. 그 여자 때문에 모두 곤두서 있어.

얘길 해보지.

해봤지. 근데 그렇게 안하면 소화가 안된대.

그녀는 머리맡에 있는 책을 집어들었다. 고등학교 시절 이후 최근에 판타지 소설을 다시 읽기 시작했다.

근데 당신, 이제 말해봐.

책을 내리고 그녀가 말했다.

뭘?

팔 데었다고 왜 말 안했어? 약 발라야 할 것 같은데.

그는 자신의 팔뚝을 보았다. 부풀어올랐던 피부의 얇은 막이 짓눌려 터져 있었다.

이건 별거 아니야.

그가 말했다. 그녀는 다시 책을 집어들었다. 몇장을 읽은 다음에 읽던 페이지를 접었다.

내가 예전에 보던 『자폐아동 치료교육』 어디 있지?

준우가 물었다.

글쎄, 책장 어딘가에 있지 않아?

서윤이 그를 보며 말했다. 그녀의 눈동자에는 흔들림이 없었다. 그녀는 거실 쪽으로 시선을 옮겼다.

저 소파를 주자. 저 소파는……

그녀는 이불 속에서 그의 손을 찾았다. 이 집 어디에나 있는, 얼룩이 이불에도 생겨났다.

기분이 나빠.

그녀가 이어서 말했다. 그녀의 말에 그도 동의했다. 그리고 함께 누워 눈을 감았다.

잠시 후에 그녀가 몸을 떨면서 눈을 떴다.

도둑 드는 꿈꿨어.

그는 그냥 창밖을 보았다. 그는 자지 않고 있었다. 그녀가 그의 몸을 파고들었다. 그녀는 다시 잠들었다.

그는 침대에서 일어나 주방으로 나왔다. 책장과 개수대를 보았다. 그는 물 한잔을 따랐다. 그의 바로 옆에는 소파가 있었다. 가죽 특유의 주름과 모공이 살아 있는, 앉으면 포근하게 감싸는 소파였다. 그는 소파에 앉았다. 소파에는 그의 칠부바지가 걸쳐 있었다. 소파의 부드러운 주름을 만지던 그는 바지 주머니에 들어 있던 것을 꺼냈다. 물 한잔과 함께 입안에 그것을 털어넣었다.

오늘 밤에 어울리는

로비 안은 주황색 불빛으로 가득 차 있었다. 통유리로 보이는 야경을 배경으로 턱시도를 입은 남자들과 드레스를 입은 여자들이 노래를 불렀다. 무대에서 가까운 테이블에는 정원과 도훈이 있었다. 도훈은 훤칠한 키에 어깨가 넓고 눈썹이 짙었다. 잘생기진 않았지만 웃는 모습이 보기 좋았다. 정원은 음악에 맞춰 어깨를 들썩였다. 움직일 때마다 원피스에 퍼진 스팽글이 반짝거렸다. 웨이트리스가 정원의 빈 잔을 가져가고 새 마티니를 가져왔다.

오늘 눈이 올까요? 왔으면 좋겠는데.

정원은 작고 하얀 이를 드러내며 웃었다.

이 노래 알아요?

도훈의 눈을 바라보며 정원이 물었다. 그녀는 후렴 부분의 한소

절을 따라 불렀다. 그녀의 목소리가 옆 테이블까지 울려퍼졌다.

오늘 밤에 어울리는 노래네요.

도훈은 재미있다는 듯이 그녀를 보며 웃었다. 말할 때와는 달리, 노래할 때 정원의 목소리에서는 힘이 느껴졌다.

이 노래는 뭐랄까, 달콤하고 부드러워요.

속삭이듯 말하는 정원의 이마는 동그랗고 볼은 달아올라 있었다. 그녀는 대부분 웃으며 말했다. 그래서 말할 때마다 몸이 살짝 앞뒤로 흔들렸다.

도훈의 스마트폰이 울렸다. 자리에서 일어난 그는 테이블에서 몇걸음 떨어져 통화했다.

왜 안 나온 거야.

가라앉은 목소리가 들렸다. 민실장이었다.

나갔는데.

도훈이 대답했다.

서대표가 로비에서 삼십분 넘게 기다리다가 그냥 나왔다던데.

나도 한참 기다렸어.

서대표와는 오늘 저녁, 이 호텔 로비에서 만나기로 되어 있었다. 서대표는 약속 시각보다 늦게 나타났고 십분 정도를 머물렀다. 일찍 도착해 구석에 자리를 잡은 도훈은 서대표가 나갈 때까지 자신이 앉아 있던 자리에 그냥 있었다. 서대표가 자신을 발견한다면 피할 생각은 없었다.

민실장은 어제, 하고 한참 뜸을 들인 후에 어떻게 된 거야, 하고 물었다. 도훈은 아무 말 하지 않았다.

들어가봐야 해. 전화 꼭 받아.

민실장은 전화를 끊었다. 어젯밤 도훈은 서대표와 박감독, 태호 그리고 유작가와 술을 마셨다. 유작가는 도훈보다 한참 늦게 데뷔한 시나리오작가였다. 도훈만큼 성공적이진 않았지만, 그의 데뷔작도 나쁘지 않았다. 그가 잠시 자리를 비웠을 때, 서대표는 도훈에게 유작가와 함께 작업하는 것이 어떻겠냐고 물어왔다. 도훈이 메인작가라면 유작가는 서브작가로서 말이다. 일이 어떤 식으로 될지 뻔했다. 자칫하면 도훈 대신 그의 이름이 엔딩크레딧에 오르게 될 수도 있다. 도훈은 서대표의 제안을 거절했다.

무슨 일 있어요?

무대를 보며 노래를 흥얼거리던 정원이 자리로 돌아온 도훈에게 물었다.

아니요.

도훈은 자리에 앉아 의자를 바짝 당겼다.

얼굴이 좀 무서워졌어요.

정원이 상체를 숙이면서 작게 말했다. 잔을 들어 목을 축인 도훈은 로비를 둘러보았다. 웨이트리스들은 돌아다니며 마지막 주문을 받았고 가수들은 노래를 마치고 내려왔다. 도훈의 시선이 다시 정원에게 왔다. 정원은 계속 그를 보고 있었다.

도훈씨, 바빠요?

그녀가 물었다.

여기 계산은 내가 했어요. 우리 밑으로 갈래요?

정원이 환하게 웃으며 말했다.

지하는 줄을 선 사람들로 붐볐다. 도훈과 정원도 차례를 기다렸다가 가방과 코트를 맡기고 테이블로 안내받았다. 도훈은 정원에게 메뉴를 고르게 했다.

이거 어때요?

정원이 소리 질렀다. 테이블은 댄스홀과 가까웠고 음악 소리에 말소리가 묻혔다.

이게 좋아요?

메뉴판을 보고 도훈이 물었다. 정원은 고개를 끄덕였다. 잠시 후에 도훈은 떼낄라를 따라 정원의 앞에 놓았다. 그녀는 작은 샷잔을 들어 한번에 들이켜고 레몬을 물었다. 그녀를 지켜보는 도훈의 입안에 침이 고였다. 정원은 자신이 비운 잔에 떼낄라를 따라 도훈 앞에 놓았다. 그도 잔을 비웠다. 달큼하고 씁쓸한 향이 그의 코로 훅 새어나왔다. 그렇게 몇번 잔을 주고받으면서 두 사람은 배를 움켜잡고 웃었다. 웃음이 잦아질 때쯤 정원이 도훈의 팔을 잡아당겼다. 그들은 몸을 바짝 붙이고 댄스홀로 향했다.

발 디딜 틈이 없는 홀에서 도훈과 정원은 사람들 속에 섞였다. 불빛이 번쩍번쩍할 때는 조금만 움직여도 굉장한 춤처럼 보였다. 크고 강한 비트가 몸을 뒤흔들어 머릿속까지 울렸지만 지칠 때까지 홀에서 나오지 않았다. 어지러웠지만 기분은 좋았다.

도훈이 정원의 어깨를 감싸고 정원은 도훈의 허리를 두른 채 자리로 돌아왔다. 그들은 땀에 젖었고 목이 말랐다. 정원은 머리채를 들어올려 높게 묶었다. 이유 없이 웃으며 숨을 몰아쉬고 있었다.

한 남자가 그들의 테이블로 다가왔다. 남자는 도훈에게 눈길을 주었다가 정원에게 말을 건넸다.

잘 지냈어?

남자는 정원보다도 어려 보였다. 바지 주머니에 한 손을 넣은 채서 있는 그는 짧은 재킷을 입었고 몸은 호리호리했다. 정원은 입에 손을 가져다 댄 채 잠시 움직이지 않았다. 그녀가 도훈을 보며 말했지만 무슨 말인지 들리지 않았다.

뭐라구요?

도훈이 물었다.

친구라구요.

정원이 손을 내리고 고개를 뒤로 살짝 젖히며 크게 말했다.

서승민입니다.

남자가 고개를 살짝 숙이며 도훈을 위아래로 훑었다. 도훈은 자리에서 일어나 악수를 청하는 그의 손을 잡았다. 그들의 손바닥이 맞닿았다. 승민의 손은 차갑고 축축했다. 정원이 도훈을 잘나가는 시나리오작가라고 소개했다. 승민은 정원의 옆에 앉았고 세 사람은 올해의 마지막 날을 기념하면서 잔을 부딪쳤다.

형님, 요즘은 어떤 작품 하세요?

승민은 도훈을 형님,이라고 불렀다.

박지호 감독 영화인데, 준비 단계예요.

박지호 감독 진짜 좋아하는데.

승민은 박감독의 작품을 여러개 말했는데 그중에 몇개는 틀렸다.

그 영화, 음악이 정말 좋죠. 친한 선배가 작업했는데, 나중에 같이 한번 만나죠.

말 놓으세요. 형님.

도훈과 승민은 웃으면서 말을 주고받았다.

멕시코 가보셨어요? 깐꾼이 좋다던데요.

떼낄라 병을 만지작거리던 승민이 말했다.

쎄노떼 동굴이 멋져요.

도훈은 멕시코 여행을 다녀온 적이 있다. 멕시코시티와 깐꾼. 쎄노떼 동굴에서 다이빙도 했었다. 이야기를 나누는 동안 승민은 정원을 자주 쳐다보았다.

시나리오, 어떤 내용인지 물어봐도 돼요?

정원이 물었다. 그녀는 가끔 대화에 끼어들었지만 승민이 오기 전처럼 명랑하지는 않았다. 도훈은 승민과 정원에게 함께 작업했던 배우들이 얼마나 다재다능한지 짧게 얘기해주었다. 음악은 시끄러웠고 계속 소리를 질러대고 싶지는 않았다.

정원이 노래 되게 잘해요.

승민이 테이블에 양손을 올렸다. 그의 손은 작고 손가락은 가늘었다.

정말 잘하던데요.

도훈이 말했다. 느린 말투 때문에 이 말은 의미심장하게 들렸다. 고개를 비스듬히 한 승민이 도훈을 쳐다보았다. 승민은 의자에 기대었다가 테이블 쪽으로 몸을 기울이며 자세를 바꾸었다. 도훈과 눈을 마주치면 술잔을 만지작거렸다. 그에게는 도훈을 파악할 시간이 필요했다.

올해가 얼마 안 남았네요.

정원이 스마트폰으로 시간을 확인했다. 그들은 다시 잔을 부딪쳤다.

내년 운세 봐줄까?

승민의 물음에 정원은 대꾸하지 않았다.

손 줘봐.

승민이 말했다. 그를 빤히 보던 정원이 손을 내밀었다.

내년 운세가 끝내주는데!

승민이 정원의 손바닥을 간질이자 그녀가 작게 킥킥거렸다.

올해는 정말 안 좋았어. 내년에는 달라. 다를 거야.

정원의 눈을 보며 승민이 말했다. 그녀는 고개를 돌리며 한번 피식하고 웃었다. 승민은 그녀가 이 호텔에 있을 줄 알았다. 오늘 같은 날, 이런 장소에서 시간을 보내는 것을 정원은 좋아했다. 정원은 그에게 힌트를 주었고 시간이 좀 걸리기는 했지만, 그는 그녀를 찾아냈다.

정원은 손을 빼려고 했다. 그러나 승민은 놓아주지 않고 손바닥을 들여다보았다.

잠깐만. 가만히 있어봐. 여기 근사한 별장이 보여.

그는 말을 마치고 물이 든 유리잔을 집어들었다. 그리고 정원의 손바닥에 물을 조금 따랐다.

어, 수영장도 있는데?

승민의 말에 정원은 깔깔대고 웃기 시작했다. 그녀는 승민의 어깨와 등을 때렸다. 승민은 아픈 척을 하며 그녀의 팔을 잡으려고 했다. 정원과 승민은 즐거워 보였고 그들을 지켜보던 도훈도 함께 웃었다. 정원이 잔을 들어올렸고 그들은 잔을 비웠다.

스마트폰 벨이 울렸다. 정원과 도훈은 웃음을 멈추고 서로를 쳐다보았다. 도훈은 스마트폰을 집어들고 자리에서 일어났다. 그는 비교적 조용한 곳을 찾아 전화를 받았다.

도대체 태호 얼굴을 어떻게 한 거야?

민실장이 물었다.

얼굴?

도훈이 되물었다. 자신의 목소리가 어색하게 느껴졌다.

흉터가 남을 거래.

잠시 침묵이 흐른 뒤 민실장이 말했다.

웨이터 한명이 도훈의 옆을 지나갔다. 웨이터가 나르는 얼음과 양주를 보며 도훈은 갈증을 느꼈다. 어젯밤 태호는 도훈의 맞은편 자리에 있었다. 태호는 이제 막 얼굴을 알리기 시작한 신인배우였다. 술자리는 오늘 새벽까지 이어졌고 끝까지 남은 사람들은 제정신이 아닐 만큼 취했는데 그중에 도훈이 가장 심했다.

차분한 걸음걸이로 테이블로 다가온 도훈은 자리에 앉았다. 정원은 살짝 미소 지으며 그를 쳐다보았다.

형님, 여기 자주 오세요?

승민이 물었다.

가끔요.

도훈은 건성으로 대답했다. 그는 이 호텔에서 영화사 사람들과 미팅을 하고 감독과 방을 잡아 시나리오 작업도 했다. 집도 제작사 사무실도 여기에서 가까웠다.

둘이 어떻게 알게 된 거예요?

승민이 술을 들이켜는 도훈에게 물었다. 도훈은 대꾸 없이 앉아 있었다.

둘이 얼마나 됐어요?

승민이 다그치듯 물었지만 아무도 말이 없었다.

좀 됐어.

잠시 침묵이 흐른 뒤 정원이 딱딱하게 말했다. 승민은 고개를 돌려 정원의 옆모습을 보았다. 묶은 머리에서 빠져나온 머리카락이 그녀의 목뒤로 흘러내렸다. 정원은 승민의 시선을 느꼈지만, 신경 쓰지 않았다. 그녀의 눈은 마른 입술에 침을 바르는 도훈을 향하고 있었다.

오늘 저녁, 서대표가 나간 후 도훈이 호텔 입구에서 서성이고 있을 때, 정원이 택시에서 내렸다. 그녀가 택시에서 내리며 떨어뜨린

장갑을 도훈이 주워주었고 그녀가 그에게 말을 걸었다. 도훈은 웃어 보였지만, 입술이 바짝 말라 있었다. 정원은 혼자 있고 싶지 않았고 도훈은 자신을 알지 못하는 누군가와 술을 한잔 하고 싶었다. 정원과 도훈은 몇마디를 주고받다가 로비로 가서 테이블을 잡고 마티니를 주문했다. 불과 몇시간 전의 일이었다.

도훈의 스마트폰 벨이 다시 울렸다. 길지 않은 통화였다. 통화를 마친 도훈이 자리로 돌아왔을 때 테이블에는 승민 혼자 있었다. 도훈은 이제 그만 가야겠다는 생각을 하며 담배를 꺼냈다.

바쁘신가봐요?

승민이 물었다. 그는 약간 지쳐 보였다. 도훈은 담배를 입에 물고 승민에게도 내밀었다. 그는 거절했다. 도훈의 잔에 술을 따르고 담배에 불을 붙여주며 승민이 물었다.

정원이랑 잤어요?

테이블 위로 담배 연기가 퍼졌다. 도훈은 담배를 한모금 더 빨아들였다. 둘은 말없이 마주 보고 있었다. 승민은 가끔 한 손으로 머리를 털었다. 도훈은 담배를 비벼 끄며 한번 피식 웃었다. 한번 터진 웃음을 멈출 수 없었다. 승민도 처음에는 그를 따라 웃다가 나중에는 인상을 찌푸렸다. 도훈의 실소는 계속되었다.

왜 그러시는데요?

아니에요. 아무것도 아니에요.

간신히 웃음을 참으며 도훈이 말했다.

아까 그거요. 좀 다르게 할 수 있었잖아요.

뭘요?

승민의 눈매가 날카로워졌다.

별장, 수영장 이런 거……

도훈의 입과 코로 웃음이 계속 새어나왔다.

노래는 안하고 예능프로에 가끔 나오는 가수가 했던 거잖아요. 새로운 구석이 전혀 없잖아. 암튼 재밌었어요.

도훈은 부끄러운 일이 생긴 것처럼 손으로 입을 가리고 웃었다. 승민은 그를 노려보았다.

형님, 제가 한 말씀 드려도 될까요?

승민과 도훈의 얼굴이 가까워졌다. 순식간에 도훈의 얼굴이 싸늘해지고 그의 검고 짙은 눈썹이 눈빛을 매섭게 만들었다. 도훈은 자세를 잡고 승민의 말을 기다렸다. 어제 술자리에서도 이런 식이었다. 사소한 말씨름에서 커졌다. 태호는 중재를 하다가 유작가의 편을 들었다. 도훈은 그렇게 느꼈다. 도훈은 자신의 숨이 거칠어지는 것을 느꼈다. 조금 전에 한 통화는 민실장이 아닌 다른 사람에게서 걸려왔다. 제작사 전화번호였지만 도훈은 사무적으로 말하는 그 사람이 누군지 알 수 없었다. 그러나 그 사람은 도훈을 잘 알고 있었다. 기한을 넘겨 보냈던 시나리오 초고가 기대했던 것과는 다르다고 했다. 예정대로 진행할 수 없으니 계약금을 돌려줘야겠다는 내용을 전했다.

도훈은 자신 앞에 놓인 잔을 비웠다. 그리고 승민의 오른편에 있는 냅킨을 집어들었다. 그러자 승민이 몸을 움찔했다. 그때 정원이 화장실에서 돌아왔다. 승민은 정원에게 자리를 비켜주어야 했다. 자리에 앉자마자 그녀는 작게 비명을 내질렀다. 테이블을 짚으며 승민이 건드린 떼낄라 병이 도훈 앞으로 쓰러졌기 때문이었다. 갈색을 띤 투명한 액체가 그의 셔츠 아랫단과 바지로 쏟아졌다. 도훈은 술병을 세우고 천천히 자리에서 일어났다.

도훈은 화장실에서 종이타월을 손에 말아 젖은 부위를 세게 두드렸다. 눈에서 열이 나는 것 같았다. 그는 자리로 돌아가지 않고 계단에 서 있었다. 소리를 지르며 춤을 추는 사람들이 멀리 보였다.

박감독과 서대표는 올해 초에 보냈던 도훈의 트리트먼트를 마음에 들어했었다. 그런데 다음 단계부터는 잘 풀리지 않았다. 초반에는 본격적인 작업을 약간 미뤘을 뿐이었다. 몇개월이 지나자 초조해졌다. 그때까지도 모두를 깜짝 놀라게 하는 작품을 쓸 수 있다는 자신감이 있었다. 막바지에는 다른 영화나 드라마, 예전 시나리오의 몇 장면을 참고하는 방식을 굳이 피할 필요가 없다는 결론에 이르렀다. 그는 한번도 그런 식으로 작업해본 적이 없었다. 그러나 이번에는 뭔가 떠오르자마자 그가 듣고 본 것에 달라붙어 떼어낼 수가 없었다. 그는 가끔 친구들의 나쁜 소문을 들었다. 실직하거나 이혼을 했다는 소문이었다. 소문은 얼마 후에 사실로 밝혀졌다. 안 좋은 소식일수록 빨리 퍼졌다.

정원의 목소리가 들렸다. 계단을 내려와 몇걸음을 옮기자 정원과 승민이 보였다. 말다툼을 하는 것 같았다. 승민은 정원의 손목을 잡고 놓지 않았다. 손가락이 꺾이자 정원이 소리를 질렀다. 도훈은 댄스홀 입구에 서 있는 경호원을 불렀다. 검은 양복을 입은, 덩치가 큰 남자였다.

잠시 후에 정원이 걸어 나오고 승민은 다른 경호원과 자리에 남았다. 정원은 뒤돌아보지 않기 위해 애썼다. 그때 홀이 갑자기 조용해지면서 카운트다운이 시작되었다. 사람들이 함께 숫자를 외쳤다.

바래다줄래요?

정원이 계단 앞에 서 있는 도훈에게 물었다. 그녀의 얼굴에서 노래를 부를 때 보았던 꿈을 꾸는 듯한 표정은 사라져 있었다. 폭죽 터지는 소리와 환호 소리가 들렸다. 그와 그녀는 맡겨놓았던 코트를 찾아 계단을 올랐다.

도훈과 정원은 그들이 처음 만났던 호텔 입구에 섰다. 나무를 휘감은 작은 전구들이 노랗게 빛났다.

손 괜찮아요?

도훈이 물었다. 정원의 스마트폰이 울리기 시작했다.

그 애는 내가 어디에 있는지 알아요.

정원은 스마트폰이 울리게 두었다.

아끼던 것이 갑자기 사라졌을 때, 익숙해져야 하는데, 그게 잘 안 돼요.

정원은 고개를 들어 그를 쳐다보았다. 그녀는 항상 누군가와 함께 있고 싶었고, 그럴 때면 누구에게든 연락하고 싶어졌다.

그렇죠. 잘 안되죠.

차가운 바람이 그의 얼굴에 닿자 그는 점점 불안해졌다.

무엇에 사로잡히는 것은 좋고, 무엇은 안 좋을까요? 전 술을 좋아해요.

정원이 도훈을 보고 말했다. 그녀는 이런 이야기를 누군가와 하고 싶었다.

저도 좋아해요.

도훈은 어서 집으로 돌아가야겠다는 생각밖에 들지 않았다.

먼저 가세요.

그녀가 말했다.

택시 불러줄게요.

그가 말했지만, 그녀는 가만히 있었다. 실룩거리는 입술을 깨물며 팔에 코트를 걸친 채 두리번거렸다. 그녀는 집에 가고 싶어하지 않았다.

잠시만요.

도훈은 데스크에 다녀왔다. 호텔의 단골인 박감독의 이름을 말하며 매니저에게 방을 부탁했다. 매니저는 수리 중이지만 큰 불편은 없는 방을 구해주었다.

다시 그녀 앞에 선 도훈이 정원에게 키를 건넸다.

이런 손은 재능이 많다던데.

도훈의 손을 보며 정원이 말했다.

두 사람은 로비를 지나 엘리베이터 앞으로 갔다. 로비에는 몇개의 조명만 들어와 있고 무대는 비어 있었다.

고마워요.

엘리베이터 안에서 정원이 말했다. 도훈은 고개를 한번 끄덕이고 엘리베이터 버튼에서 손을 떼었다.

조심해요.

마지막으로 그녀가 말했다. 엘리베이터 문이 닫히고 그는 호텔을 빠져나왔다.

거리는 사람들로 붐비고 도로는 차들로 꽉 찼다. 도훈은 숙취해소 음료를 사서 마셨다. 코트의 깃을 세우고 빠르게 걸어 집에 도착했다. 셔츠와 바지는 거의 다 말라 있었다.

민희가 문을 열어주었다. 그녀는 도훈에게 어디에 있었는지 묻지 않았다. 도훈한테서 술과 담배 냄새가 났다. 그는 바로 샤워를 하고 옷을 갈아입었다.

이 시간에 웬 밥이야?

식탁 위에 차려진 밥을 보고 도훈이 물었다. 그녀는 데운 국을 내려놓으며 그를 한번 쳐다보았다. 그는 말없이 밥을 먹었다. 그녀가 밥을 먹겠느냐고 물었을 때 자신이 고개를 끄덕였을 수도 있겠다고 생각했다. 밥을 먹는 동안 민희는 아무 말 하지 않았다. 그는 이 고요함이 좋기도 하고 싫기도 했다. 한동안 그녀는 말이 많았었다. 내가 좋아하는 작가는 책을 내고 나서 얼마 동안 아무것도 못했대. 자기 인터뷰 기사만 스크랩해서 계속 본 거야. 정신적인 독이지. 난 오빠 믿어. 일단 시작해봐. 해보지 않고 어떻게 알아? 이런 말들이었다.

엄마한테는 아무 얘기 안할 거야.

도훈이 밥그릇을 다 비웠을 때쯤 민희가 입을 뗐다. 민희는 무표정한 얼굴로 그를 보고 있었다. 그녀는 어머니를 닮아 자존심이 셌고 불같은 성미도 있었다. 그녀의 어머니는 사업 수완이 좋았다. 남편이 죽은 이후로 재혼하는 대신 사업에 뛰어들었다. 초기에는 삼촌들이 그녀의 사업을 돌보아주었지만, 지금은 삼촌들이 그녀의 도움을 받았다. 도훈은 지금처럼 민희와 함께 살기 전에 그녀의 어머니 앞에서 무릎을 꿇은 적이 있다. 그후로도 몇번 찾아갔지만 냉랭했고 이제는 발길을 끊었다.

엄마한테 연락 안할 거라구.

그녀가 다시 말했다.

누가 뭐라 그랬어?

그가 대꾸했다. 도훈은 식탁 위에 있던 책을 집어들었다.

새로 맡은 책이야?

책에서 눈을 떼지 않고 도훈이 물었다. 민희는 조용히 고개를 끄덕였다.

그녀가 하는 번역일은 꾸준히 들어왔다. 곧 단행본도 맡게 될 예정이었지만 그녀는 만족하지 못했다. 자신의 선택이 옳았음을 증명해야 했다. 그녀는 도훈이 성공하기를 바랐다. 도훈이 몇개월 만에 초고를 보여주었을 때, 민희는 마음이 아프면서도 화가 났다. 오늘 새벽, 도훈은 비틀거리며 집에 들어왔다. 그녀에게 저녁이 되기 전에 꼭 깨워달라는 말을 하고 쓰러져 잠들었다. 그녀가 깨우러 갔을 때 그는 이미 일어나 샤워를 하고 있었고 시간 여유가 있는데도 쫓기듯 행동했다. 옷을 입고 서둘러 나갈 때까지 도훈은 민희와 눈을 마주치지 않았다.

누군가 신경질적으로 초인종을 눌렀다. 도훈은 책을 내려놓고 현관문에 달린 작은 구멍으로 밖을 내다보았다. 그는 눈을 떼었다가 다시 구멍을 보았다. 승민이 서 있었다. 어깨를 움츠린 채, 한 손으로 머리를 털고 있었다. 다른 한 손으로는 계속 초인종을 눌렀다. 도훈은 초인종이 울리지 않게 해두었다.

누구야?

민희가 현관 쪽으로 나와 물었다.

누가 장난치나봐.

도훈과 민희는 다시 식탁에 앉았다. 무슨 소리가 날 때마다 도훈은 현관 쪽으로 신경을 곤두세웠다. 문을 두드리는 소리가 나는 것 같다가도 잠잠했다. 아무 소리도 들리지 않는데도 도훈은 식탁에서 일어나 작은 구멍으로 현관 앞을 보았다. 아무도 없었다. 승민은 돌아간 것 같았다. 도훈은 피식 웃었다.

왜 웃어?

민희가 물었다.

내가?

도훈이 되물었다.

계속 웃고 있잖아.

도훈은 웃음을 멈추었다. 민희가 폭발 직전이라는 것을 알아차렸다.

저녁 내내 민희는 계약금과 태호라는 배우의 치료비, 위자료 등을 생각했다. 그녀는 마음을 다스리기 위해 양손을 마주 잡고 있었다. 도훈은 그녀의 핏기 없는 손을 보았다.

도훈과 민희는 사진 동호회에서 만났다. 처음에 그는 그녀의 피부가 아기 같다고 생각했다. 몇번을 더 만나고 늦은 술자리까지 이어졌을 때, 마주 앉은 그녀가 고개를 옆으로 돌렸고 그는 그녀의 콧방울을 보았다. 작은 모공들이 있었다. 그는 실망스럽기보다, 그녀를 사랑해도 된다는 허락을 받은 것 같았다. 갈색 눈동자, 도톰한 코, 뾰족한 턱과 얇은 입술. 모두 그대로였다.

누가 창문에 돌을 던지나봐.

그녀가 얇은 입술로 말했다. 창문에 무언가 부딪히고 있었다.

뭐라고?

우리 창문에 누가 돌을 던진다구. 이번엔 베란다야.

그녀가 놀란 얼굴로 거실과 방을 돌아다녔다. 그도 그 소리를 들었다.

경찰에 신고해야겠어.

민희가 말했다.

내가 나가볼게.

그는 나가기 전에 창문을 열어보았다.

김도훈. 이 새끼야!

남자의 괴성이 들렸다. 도훈과 민희는 서로의 얼굴을 쳐다보았다.

이번에는 제법 큰 돌이 날아왔다. 돌이 창문에 부딪히면서 큰 소리가 났다. 유리창이 흔들렸다.

미친놈.

그는 중얼거렸다. 민희는 경찰이 올 때까지 기다리자고 했지만, 그는 밖으로 나갔다.

도훈은 어두운 골목 한가운데 두 다리를 벌리고 섰다. 차갑고 시린 공기를 뚫고 하얀 입김이 나왔다. 승민이 있던 자리에 왔지만, 그는 보이지 않았다. 가로등은 조금 떨어져 있었고 몇몇 집에는 아직 불이 켜져 있었다.

어디선가 나타난 승민이 도훈에게 달려들었다. 둘은 함께 쓰러졌고 도훈은 그를 밀쳐냈다. 승민이 그의 배를 한대 쳤다. 도훈은 계속 피했고 승민은 몇번 헛주먹을 날리다가 바닥에 나동그라졌다. 도훈은 승민이 일어나길 기다렸다. 승민은 싸울 줄을 몰랐다. 그의 얼굴에는 아스팔트 바닥에 긁힌 상처가 생겼다. 그는 다시 도훈에게 달려들어 여러대를 때렸다. 도훈은 양 팔뚝을 세로로 붙여 얼굴을 감쌌다. 그는 싸우고 싶지 않았다. 다시는 누구를 때리고 싶지 않았다. 이틀 연속, 사람의 얼굴을 때리고 싶지 않았다. 팔을 잠깐 내렸을 때, 머리가 핑 돌고 눈앞에 뭔가 번쩍였다. 승민에게 제대로 한방을 맞은 것이다. 도훈은 정신을 차리기 위해 머리를 한번 털고 고개를 들었다. 승민의 멱살을 잡고 그대로 벽으로 밀어붙였다. 그리고 겁에 질린 얼굴을 가격했다. 그는 다시 이 기분을 느꼈다. 롤러코스터를 타는 듯한 아찔함. 승민의 공포가 그에게 전해졌다. 승민은 두 손으로 머리를 감싸며 신음을 내뱉었다. 그의 얼굴에서 피가 묻어났다. 도훈이 들어올렸던 주먹을 멈추고 멱살을 풀어주자 승민은 맥없이 주저앉았다. 도훈이 숨을 고르고 있을 때, 경찰차가 도착했다.

늦은 시간에도 파출소 안은 소란했다. 술에 취해 소리를 지르는 사람도 있고 수갑을 찬 사람도 있었다.

적당히 치고받으셨네요.

경찰이 그들의 얼굴을 보고 별것 아니라는 투로 말했다. 도훈의 얼굴과 손등이 부어올라 있었다. 승민의 얼굴은 훨씬 심했다. 도훈과 승민이 앉은 철제 의자에서 조금만 움직여도 삐걱거리는 소리가 났다. 승민은 꽉 쥔 주먹을 돌멩이처럼 무릎 위에 올려놓고 움직이지 않았다. 경찰의 질문에도 그는 아무 말 하지 않았다. 경찰이 그에게 몇가지 사항을 알려주었다. 쌍방폭행이지만 승민이 주택침입을 시도했으므로 더 위중하다고 했다. 도훈은 벽에 걸린 시계를 보았다. 이른 새벽이었지만 아직도 어두웠다.

아무 일 없었어. 맹세해.

도훈은 승민에게 속삭였다. 승민이 가운뎃손가락을 세웠다.

아는 사이예요?

경찰이 물었다.

건너 아는 동생이에요. 장난이 좀 심했네요.

도훈이 말했다.

술 사달라고 졸라서, 집으로 오라고 농담을 했는데. 정말 왔네요.

도훈이 태연하게 말했다. 말이 술술 나왔다.

처음에 얼굴을 못 알아봤어요.

경찰이 타이핑을 멈추고 도훈을 쳐다보았다.

연말엔 정말 골치가 아파요.

경찰이 말했다.

네, 그러시겠죠.

정말 괜찮으시겠어요?

빨리 가봐야 해요. 와이프가 기다려요.

도훈이 진지하게 말했다. 그는 민희가 걱정되었다. 그녀는 집 앞에서 경찰이 말을 걸 때도 겁에 질려 있었다.

도훈은 처벌을 원치 않는다는 조서를 썼다. 경찰은 승민에게도 조서를 쓰게 했다. 파출소를 나서기 전에 도훈은 승민에게 다가갔다.

정말 아무 일도 없었어. 내 와이프를 두고 맹세할 수 있어.

도훈은 목소리를 낮춰 그렇게 말했다. 그가 승민을 위해 생각해 낸 최선이었다. 어딘가를 뚫어지게 노려보는 승민의 얼굴과 손에 난 상처에는 피가 맺혀 있었다.

도훈이 집에 돌아오자마자 민희는 냉장고에서 얼음을 꺼내왔다. 수건으로 감싼 얼음을 도훈의 얼굴에 올렸다.

어제 같이 술 먹었던 사람이야?

아니.

도훈이 대답했다.

오빠 이름 불렀잖아. 아까 그 사람이 배우라는 사람 아니야?

민희가 그의 얼굴을 쳐다보지 않고 물었다.

울었어?

그가 물었다. 그녀의 눈이 약간 부어 있는 듯 보였다.

아니.

많이 놀랐지?

그럼, 오빠 이름을 어떻게 알아?

내 차에 명함이 있잖아. 그걸 봤겠지.

대답을 하지 못하다가 도훈은 그렇게 말했다.

요즘 주차장에 강도가 많아졌다는, 그래서 차에 이름과 연락처를 둘 때 주의하라는 뉴스를 민희도 들었다. 그녀는 그의 부어오른 손등을 보았다. 그녀는 그의 투박한 손을 좋아했다. 특히 엄지손가락은 짧고 뭉툭했다. 그런 손은 성실하고 우직한 느낌을 주었다. 그녀가 아는 한 그는 그런 사람이었다. 비겁한 사람이 아니었다. 시나리오작가는 보통 명함이 없고 그도 없었다. 하지만 오늘은 더이상 묻지 않기로 했다.

그와 그녀는 잠자리에 들었다. 오늘 민실장과 여러번 통화했다고 하면서 그녀는 돌아누웠다. 그의 얼굴에도 상처가 났으니 내일 병원에 가서 진단서를 끊으라고 했다. 민희는 손에 잡히는 침대의 시트를 구겼다가 폈다. 그녀는 골목에 서서 도훈이 남자에게 맞고 남자를 때리는 모습을 보았다. 그 장면이 아른거려 잠이 오지 않았다. 그는 처음에는 일방적으로 맞다가 어느 순간부터 남자를 계속 때렸다. 그녀는 그만,이라고 소리 질렀다. 그런데 목소리가 나오지 않았다. 아직도 가슴이 뛰었다. 그가 경찰서에 있는 동안 그녀가 울었다면, 그 모습 때문이었다.

찬장에는 뜯지 않는 떼낄라 한병이 있었다. 그들은 재작년에 멕시코로 배낭여행을 다녀왔다. 동굴 위에 뚫린 구멍에서 햇살이 신비롭게 쏟아졌다. 그녀는 그곳에서 다이빙을 할 때도 전혀 무서워하지 않았다. 체구는 작지만 대범한 구석이 있었다. 큰일에 오히려 담담하고 능숙하게 대처했다. 그는 그녀의 그런 모습에 놀라기도 했다. 어쩌면 그런 점도 그녀의 엄마에게서 물려받은 기질일지 몰랐다. 그는 그녀의 등을 바라보고 누웠다. 그녀의 등은 일정한 간격을 두고 오르락내리락했다. 숨소리가 들렸다. 그 소리가 그의 마음을 잠시 편하게 했다.

날이 밝아오고 있었다. 도훈은 몸을 둥글게 움츠려 그녀의 등에 갖다 댔다. 부어오른 손을 쥐었다 폈다. 어느 한순간이 자신을 지배하지 않기를 바랐다. 이런 상태에서 평생 헤어나오지 못하는 사람들이 있다. 그는 그런 인물에 대해서 쓴 적이 있었다. 주연은 아니었다. 불행의 본보기가 되는 조연들이었다. 영화 속에서, 주인공들은 결국 헤쳐나간다.

왈츠

차는 집 앞 골목에 주차되어 있었다. 그가 먼저 운전석에 타고 그녀가 조수석에 탔다. 자리에 앉은 후에 시동을 걸자 차의 진동이 느껴졌다. 그는 막 출발할 것처럼 벨트를 매고 기어를 바꾸었다.

누구 차지? 못 보던 건데.

앞차를 가리키며 그가 말했다.

어서 출발해. 바람 좀 쐬고 싶어.

그녀는 창문을 열고 티셔츠를 살짝 위로 올려 바람이 들어오게 했다. 그녀는 반소매 셔츠에 짧은 반바지를 입고 낮은 굽의 샌들을 신었다. 발목에 거는 가느다란 끈은 풀어둔 채였다. 그녀의 발뒤꿈치와 발바닥에 분홍빛이 돌고 햇살을 받은 팔과 다리는 하얗게 빛나는 것처럼 보였다.

각도가 안 나오겠는데.

그는 운전대에서 손을 떼었다. 앞뒤로 차가 바짝 서 있는 상태에서 모험을 하고 싶지는 않았다. 골목에는 평소보다 많은 차가 꼬리를 물듯 주차되어 있었다.

차에 연락처가 있겠지.

그녀가 대수롭지 않게 말했다. 차에서 내린 그는 앞차의 운전석과 조수석을 살폈다. 세차 상태가 불량했지만, 이 동네에서는 보기 드문 검은색 고급 차종이었다.

저 차가 빠져야 가든지 말든지 하지. 근데 저 차에는 아무것도 없어.

차에 올라탄 후 그는 욕을 섞어 차 주인을 험담했다. 그가 입은 회색 티셔츠는 구겨져 있고 뒤통수의 머리카락은 뻗쳐 있었다.

거울 좀 봐봐.

그녀가 손가락으로 그의 입가를 가리켰다. 룸미러로 입을 살펴보던 그는 혀와 손톱을 이용해 치아 사이에 낀 것을 빼내려고 애썼다. 오늘 아침에도 어젯밤에도 그는 양치를 하지 않았다. 그녀도 마찬가지였다. 그들은 술에 취해 있었다. 그가 잠에서 깨어났을 때 그녀는 거실 바닥에 앉아 TV를 보고 있었다. 맑고 화창한 일요일 오후였다. 정오를 넘긴 햇살이 집 안에 가득 차 TV 화면을 보기 어려울 정도로 눈이 부셨다. 커튼을 치자 햇살이 사라지면서 거실이 어두워졌다. 집에는 어제 먹고 남은 술이 있었다. 그들은 맥주와 소주를 섞어 마시다가 술이 떨어진 후에 차에 올라탔다. 해가 떨어지기 전에 드라이브를 하기로 했다.

어떻게 할 거야?

그가 물었다.

저 집 차일 수도 있어. 얼마 전에 새로 이사 왔거든.

그녀가 말했다. 그들이 사는 3층짜리 빌라 바로 옆에 조금 더 낡은 빌라가 있었다. 외벽의 벽돌이 몇군데 떨어진 건물로, 사람들이 잘 나오지 않아 아직 얼굴도 보지 못했다.

그녀는 대시보드 위에 먼지를 손으로 닦아내고 바지에 문질렀다. 햇볕이 내리쬐는 차 안이 점점 달궈져 겨드랑이에도 땀이 차기 시작했다. 그들은 벨트를 풀었다. 차에서 내리려고 했다. 그때 옆집의 고동색 문이 열리고 누군가 나왔다. 남자 한명이 골목을 가로질러 맞은편 집 담벼락으로 향했다. 담벼락에는 재활용 쓰레기를 버리는 자루가 매달려 있었다. 남자를 지켜보던 그는 차 문을 열었다. 차 주인인지를 확인하고 차를 빼달라고 하려고 했다. 그런데 그녀가 어깨에 손을 올렸다. 멈칫하는 사이 남자는 손을 털며 다시 고동색 문을 열고 들어가버렸다.

봤어?

그녀가 물었다. 그는 고개를 끄덕였다. 물론 그는 남자가 손에 들고 있던 무언가를 황급히 자루에 던져 넣는 모습을 봤다.

저 사람, 바이올린을 버렸어.

그녀가 말했다. 그는 핸들에 몸을 기대며 남자가 턱시도를 입고 바이올린을 연주하는 모습을 그려보았다. 그리고 그 남자가 앞차의 운전석에 앉아 있는 모습도 떠올려보았다.

그가 차에서 먼저 내리고 그녀가 따라 내렸다. 그들이 사는 빌라로 들어서 계단을 올랐다. 3층에 다다랐을 때 그녀가 그를 붙잡았다. 창으로 들어온 햇살이 그와 그녀를 비추었다. 그의 얼굴을 바라보던 그녀는 계단을 도로 내려갔다.

몇분이 흐른 뒤에 그녀는 맥주가 든 봉투와 바이올린을 가지고 돌아왔다.

이거야. 이걸 버린 거라고.

진짜 바이올린이네.

그가 낡고 작은 바이올린을 들여다보았다. 그녀의 손가락이 부드러운 곡선을 따라갔다. 갈색 몸통과 양쪽에 알파벳 f 모양으로 뚫린 구멍, 끝에 달린 소용돌이 형태의 조각이 그녀의 눈길을 끌었다. 여전히 윤이 나는 부분도 있고 칠이 벗겨져 나무의 속살이 드러난 부분도 있었다.

소리가 제대로 날까?

기다란 활을 살피며 그가 물었다. 그녀는 맥주를 한모금 마시고 바이올린을 어깨에 올렸다. 자세를 잡고 활을 줄에 대고 밀었다. 소리는 끔찍했다. 날카로운 뭔가가 귓속을 긁는 것 같았다. 하지만 그녀는 미소 지었다.

이건 멀쩡해. 버릴 물건이 아니야.

그녀는 기뻐했다. 소리 나는 것 자체가 신기했다.

팔아도 돈이 되겠는걸.

그도 그녀를 따라 웃었다.

우리 연주회 갔을 때 기억나?

그녀가 갑자기 큰 소리로 물었다.

클래식 연주회 갔을 때. 끝나고 와인 마셨잖아.

맥주를 들이켜던 그가 잔을 내려놓고 그녀를 쳐다보았다.

우리 연애하던 때 말하는 거지?

그가 물었다. 그녀는 환하게 미소 지으며 고개를 끄덕였다. 하지만 바로 생각해냈다. 다른 사람과 갔던 일을 착각했음을 깨달았다. 그와는 연주회에 간 적이 없었다. 치료를 받으러 왔던 환자와 갔던 것 같았다. 그녀는 얼굴이 가려진 채로 입을 벌리고 누워 있던 사람들을 떠올렸다. 그녀는 한때 치위생사였다. 결혼하고 나서는 일을 그만두었다. 그리고 그의 권유로 공부를 시작하여 이년 동안 보통 직장인들이 회사에 있는 시간만큼 도서관에서 하루를 보냈다.

그녀는 빈 잔을 내밀었다. 그가 맥주병을 따서 잔을 채워주었다.

이렇게 둘이 있는 게 좋아. 나가봤자 번거롭기만 하지.

그를 물끄러미 바라보던 그녀가 허리를 끌어안았다. 이번 주말은 그와 그녀가 온전히 함께할 수 있는 마지막 주말이었다. 그는 직장에서 제안을 받았다. 지방에서 근무해야 계속 일할 수 있었다. 다음 주부터 시작이었다. 기숙사가 제공되고 교통비는 따로 나왔다. 처음에 그의 전근 소식을 들었을 때 그녀는 납득할 수 없었다. 실수나 잘못을 한 것은 아닌지 그에게 물었다. 우리는 매일 통화를 하겠지. 통화하다가 잠이 들고 전화를 안 받으면 걱정을 하다가 왜 안 받느냐고 짜증을 내고. 그러다가 우리는…… 그녀는 말을 멈추었다가 다시 그 이야기를 꺼내곤 했다.

한밤중에 혼자 깨어날 생각을 하면 지금도 무서워.

그녀는 잔을 깨끗이 비운 후에 창가로 갔다. 커튼을 밀어젖히자 주홍빛 햇살이 집 안으로 번졌다. 해가 지고 있었다.

하지만 이겨낼 거야.

그녀가 손등으로 입가를 닦았다. 거실 바닥에 앉아서 그는 그녀를 쳐다보고 있었다. 기숙사 생활은 그도 내키지 않았다. 군대로 복귀하는 기분이 들었다. 하지만 그는 별 망설임 없이 제안을 받아들였다. 연애할 때처럼 재미있어질 거라고, 일년 후에는 상황이 좋아질 거라며 그녀를 달랬다.

그녀가 그에게 다가와 입 맞추었다.

바이올린을 배워보는 게 어때?

그가 물었다.

학교 다닐 때 난 기악반 같은 것도 해본 적 없어. 아무도 나한테 해보라고 안했어.

그녀가 말했다.

피아노는 쳐본 적 있어. 바이올린은 처음이지만 피아노는 쳐봤어.

그녀가 바이올린을 내밀었다.

자기가 먼저 해봐.

그는 바이올린을 받아들었다. 그녀가 자루 뒤지는 모습을 창문으로 지켜본 그는 바이올린을 깨끗이 닦지 않은 걸 후회했다.

내가 정말 하고 싶었던 게 뭔지 알아?

그녀가 고개를 들어올렸다.

뭔데?

난 활동적인 게 좋아. 몸을 움직이는 거.

그녀는 몸을 씰룩였다. 그의 앞에서 리듬을 타며 몸을 흔들었다. 그와 그녀는 잠시 키득대며 웃었다. 그녀가 그를 일으켜 세웠다. 잔을 높이 들어올려 건배를 유도했다. 잔이 부딪치며 맥주 거품이 흘러넘쳤다. 그녀는 바이올린을 집어들고 연주를 했다.

그만해. 더는 못 들어주겠어.

그가 바이올린을 빼앗았다. 방금 한 말을 농담으로 만들기 위해 그는 바이올린을 턱으로 눌러 고정하고 네개의 줄을 문질렀다. 찢어지는 듯한 소리에 그녀가 웃기 시작했다. 그는 다시 자세를 잡았다. 코를 찡긋하고 귀를 막는 그녀를 보며 그는 힘차게 활을 당겼다. 음악에 취한 바이올리니스트처럼 눈을 감고 눈썹을 실룩거리며 자유자재로 활을 움직였다. 하지만 아무 소리도 나지 않았다. 그는 활을 줄에 대지 않고 연주하는 시늉만 했다. 그녀가 참았던 웃음을 터뜨리며 한 손으로 그의 어깨를 밀었다. 그가 바이올린을 내려놓고 그녀를 끌어안았다. 껴안은 채로 두 사람은 몸을 조금씩 움직여 거실 한가운데로 왔다. 거기서 그는 두 팔로 그녀를 번쩍 들어올렸다. 제자리에서 돌자 그녀의 다리가 공중에 붕 뜨며 원을 그렸다. 그녀가 비명을 지르며 웃었다. 회전목마에 탄 것처럼 주변이 빠르게 지나갔다. 얼마 가지 않아 그는 힘이 빠졌고 둘은 주저앉듯이 바닥에 누웠다. 네모난 천장과 둥근 등이 여러개로 흩어졌다가 다시 겹쳐졌다. 숨을 몰아쉬던 그가 그녀의 몸 위로 올라갔다. 얼굴과 목, 쇄골과 가슴을 평평하게 하려는 듯 힘주어 그녀의 몸을 문지르고 귓불을 깨물면서 티셔츠 안으로 손을 넣었다. 옆구리에 그의 손이 닿자 그녀는 간지러움을 타며 몸을 움츠렸다.

자기야.

그녀가 아래로 내려가는 그의 손을 잡았다.

아직이야. 나도 하고 싶어. 근데 아직 안 끝났어.

입술을 오므렸다가 미소 지으면서 그녀는 그의 머리를 끌어안았다. 검고 숱이 많은 머리를 쓰다듬으며 그녀는 생각에 잠겼다.

방금 이야기 하나 지었어. 딸은 바이올린을 계속 배우고 싶어하는데 아버지는 반대하는 거야.

그녀가 일어나 앉아 바이올린을 집어들었다.

그래서 버렸다는 거야?

그는 여전히 누워 있었다.

그럴 수도 있다는 거지.

싱긋 웃으며 그녀는 주홍빛을 띠는 햇살에 바이올린을 비춰보았다.

이걸 갖고 싶지만 그래선 안되겠지. 돌려줄까봐.

그녀가 그를 보며 말했다.

초인종을 누른 지 얼마 되지 않아 꽃무늬 앞치마를 두른 여자가 그와 그녀를 맞이했다.

저희는 바로 옆집에 살아요. 3층이요.

그녀가 여자에게 그와 자신을 소개했다. 여자는 집 안으로 들어오라는 얘기는 하지 않았다. 이미 집 안에 많은 사람이 있었다. 현관에 놓여 있는 다른 신발들을 밀어내고 발 디딜 공간을 찾아내야 했다.

손님이 많으시네요. 이사 온 지 얼마 안되셨죠?

그녀가 미소 지으며 크게 숨을 내쉬자 맥주와 소주가 뒤섞인 냄새가 미지근한 공기 속으로 퍼졌다. 여자는 작게 네,라고 대답하며 앞치마에 손을 닦았다.

건너편 골목에 빵집이 맛있어요. 과일은 아랫집이 더 싸고요.

여자는 대꾸 없이 있다가 바이올린으로 시선을 옮겼다.

이걸 가져왔어요. 우연히 발견했는데 멀쩡해서 가져온 거예요.

그녀가 바이올린을 내밀었다. 아이들은 거실에서 놀고 있었다. 여자아이도 있었다.

버린 거예요.

여자가 힘없이 웃었다.

아이들 것이 아닌가 생각했어요.

저 아이들 중에 누군가는 골이 나 있을 거라고, 아니면 자기 바이올린을 버렸는지 아직 모를 거라고 그녀는 생각했다.

아니에요. 아이들 것이 아니에요.

여자가 고개를 가로저었다.

정말 버리시는 거예요? 소리도 괜찮은 것 같아요. 저희가 연주해 봤어요.

그녀가 그의 팔짱을 꼈다. 그는 집 안을 둘러보고 있었다. 한쪽 벽에는 아직 풀지 못한 박스들이 쌓여 있었다. 그들의 집과 같은 구조에 방이 하나 더 있는 정도였다. 집 안에는 총 여덟명이 있었다. 어른이 다섯, 아이가 셋. 여자들은 흰 종이가 깔린 상 위로 음식을 나르며, 남자들은 거실 바닥에 앉아 이야기를 나누며 그들을 흘끔거렸다. 안쪽의 방문이 열리고 한 사람이 더 나타났다. 바이올린을 버린 남자였다.

무슨 일이야?

남자가 그와 그녀에게 눈인사하며 여자에게 물었다. 가까이에서 본 남자의 얼굴은 좌우 대칭이 맞지 않았다. 한쪽 눈썹이 올라가고 한쪽은 내려가 있었다. 인상을 쓰다가 굳어진 것 같았다. 그것만 빼면 남자는 미남이었다. 팔십년대 유명했던 영화배우를 닮았다. 이 집 안의 남자들도 그 영화배우를 조금씩 닮았지만, 주인 남자가 가장 흡사했다.

필요하시면 가져가세요.

남자가 말했다. 여자가 남자를 힐끗 보면서 남자의 옷자락을 잡아당겼다.

쓸 만할 거예요.

남자는 여자를 무시하고 그와 그녀에게 말했다.

정말요?

그녀의 웃음소리가 거실에 울려퍼졌다. 그와 그녀는 감사하다는 인사를 잊지 않았다.

혹시 케이스는 없나요? 원래는 케이스가 있었겠죠?

집을 나서기 전에 그녀가 물었다. 남자는 고개를 가로저었다. 여자가 문을 열어주며 짧은 배웅을 했다.

집으로 돌아온 그들은 TV를 켰다. 맥주를 마시며 영화를 보기로 했다. 바이올린은 거실 서랍장 위에 올려두었다.

누구 것이었을까?

그녀가 물었다.

글쎄.

그는 알 수 없었다. 하지만 골목에 있던 검은색 차가 누구 것인지는 알아냈다. 신발장 위에 차 키가 걸려 있었다. 그런 차 키는 흔한 것이 아니었으므로 알아볼 수 있었다.

그는 맥주를 마시며 리모컨을 눌렀다. TV 화면에 자음 순서대로 영화 제목이 떴다. 여러편의 영화 제목 뒤로 역도 경기가 방영되고 있었다. 체중계에 올라서서 몸무게를 확인한 선수는 무대 위로 걸어나갔다. 무대 중앙에 서서 기합을 한번 크게 내뱉고 손을 비비더니 쇠로 된 바를 잡았다.

술을 마시던 그녀가 피식 웃음을 터뜨렸다.

네가 한마디 할 줄 알았어. 그 사람들, 우리 내보낸 다음에 수군거렸잖아.

그녀가 웃음소리를 내며 말했다.

못 들었어? 내가 먼저 나오고 네가 뒤에 나왔잖아. 우리가 취했다고, 문을 왜 열어줬느냐고 아저씨가 아주머니한테 화냈잖아.

옆집에서처럼 거실에 그녀의 웃음소리가 울렸다.

그게 웃겨?

그가 물었다.

왜 그래?

그의 얼굴을 보고 그녀가 물었다. 그는 아무 대꾸 없이 TV 화면으로 시선을 돌렸다. 선수의 우렁찬 기합소리에 놀라 그녀도 TV 화면을 보았다. 역기의 무게는 130kg. 엉덩이를 뒤로 빼면서 앉은 후에 선수는 역기를 들어올렸다.

자기 화났어?

그녀가 다시 물었다.

자기는 모든 걸 너무 심각하게 받아들이는 경향이 있어. 어쨌든 바이올린이 생겼잖아.

그녀가 한 손으로 그의 어깨를 살짝 밀었다.

나한테 화난 거지?

그렇지 않다고 그는 대답했다. 그는 영화를 틀었다. 리모컨 버튼을 누르자 제작사의 로고가 뜨면서 음악이 흘러나왔다. 그녀는 잔을 든 채 눈을 감고 있었다.

졸리면 자.

그가 말했다.

아니야. 자기랑 영화 볼 거야.

그녀는 계속 눈을 감고 있었다.

그럼 세수하고 오든지. 정신을 좀 차려. 그래야 영화를 보지.

그가 그녀의 어깨를 잡고 흔들었다. 기울어진 잔에 반쯤 채워진 맥주가 찰랑거렸다.

나도 알아. 어렵지 않게 시험에 붙는 사람들이 있다는 건 나도 알아.

그녀가 눈을 떴다. 그녀는 얼마 전 2차 시험에 떨어졌다. 그래서 1차부터 다시 준비해야 했다. 두번째로 준비하던 시험이었다.

내가 생활비만 축낸다고 생각하지?

그가 TV에서 눈을 떼고 그녀를 쳐다보았다.

네가 불안해하는 것 알아. 많이 실망한 것도 알아.

그가 그녀를 향해 몸을 돌리며 등에 손을 올렸다. 그녀의 등을 쓰다듬었다. 그녀는 다 잡은 물고기를 놓아준 셈이었다. 공인중개사무소를 하는 삼촌에게 부탁해놓았기 때문에 합격만 하면 그녀는 바로 출근할 수 있었다. 자식이 없는 삼촌은 조카들을 잘 챙겨주려고 했다.

삼촌은 기다려주실 거야. 공수표를 날리는 분은 아니라고. 너와 나를 좋게 보셨다니까.

그는 그녀가 이 말을 듣고 좋아할 줄 알았다. 기운을 낼 줄 알았다. 그녀는 다시 눈을 감고 있었다.

너무 졸려. 잠깐 나갔다 올까봐.

눈을 감은 채로 그녀가 웅얼거리듯 말했다. 그는 그녀의 손에 들린 맥주잔을 낚아채듯이 빼앗았다. 그는 평온함을 사랑했다. 작년을 떠올리면 더욱 그랬다. 전에 다니던 회사에서 제때에 월급이 나오지 않자 통신요금부터 밀리기 시작했다. 그래서 그녀가 오랜만에 분홍색 원피스 가운을 입었다. 다시 치위생사가 되어 동네 치과에서 시간제로 일했다. 그때 그녀는 급격히 늙어가는 것 같았다. 몇 주 만에 그녀는 일을 그만두고 싶어했다. 그는 흔쾌히 찬성하며 그녀에게 말했다. 너한테 투자를 하는 거야. 대신 지금의 직장을 얻기 전까지 그가 야간 아르바이트를 했다. 회사가 정리되면서 삼개월치 급여는 받았지만, 나머지 돈은 받지 못했다. 그들은 연체된 카드대금을 조금씩 갚아가는 중이었다.

다시 준비해봐. 아깝게 떨어진 거잖아.

그는 그녀의 어깨와 목덜미를 주물렀다. 그들은 한동안 조용히 영화를 보았다.

저 영화 봤어.

시선을 화면에 그대로 둔 채 그녀가 말했다.

봤어?

그가 물었다.

자기야. 공부하지 않고는 시험에 붙을 수 없어. 공부해도 떨어질 수는 있지만, 그 반대의 경우는 없어. 그건 확실해.

그녀가 또렷한 발음으로 말했다.

뭐?

그는 제대로 알아들었지만 그렇게 물었다.

그녀가 자리에서 일어섰다. 그녀는 똑바로 서 있지 못했다. 약간 비틀거리다가 TV 옆 수납장에 무릎을 부딪쳤다.

나 시험 안 봤어.

그녀는 수납장이 거기에 놓여 있다는 사실에 놀란 듯이 눈을 크게 떴다.

시험 안 봤다구.

그녀가 다시 말하며 벽에 기대섰다. 그도 자리에서 일어섰다. 그날 그는 시험장까지 그녀를 데려다주고 저녁에는 둘이 외식을 했다.

네가 간 다음에 도로 나왔어. 복도에 서 있다가 까페로 갔어.

그녀는 한쪽 뺨을 긁었다. 손톱으로 긁고 난 자리가 붉게 변했다.

그럼 도서관에서 뭘 했어? 매일 도서관에 갔잖아.

그는 TV를 끄고 팔짱을 꼈다. 화면이 검게 변하면서 사방이 고요해졌다.

영화 봤어. 처음에는 잠깐 쉴 때 보기 시작했어. 이 영화도 다 본 거야.

그리고 또 뭘 했어?

그가 물었다. 그녀는 말없이 벽에서 등을 떼어내고 욕실로 걸어갔다.

그는 TV를 틀었다가 다시 끄고 자신의 발을 쳐다보았다. 그의 양발이 젖어 있었다. 그는 허리를 구부려 바닥에 쓰러져 있는 맥주병을 세웠다.

욕실에서 돌아온 그녀가 그의 옆에 앉았다. 그녀는 세수를 하고 왔다. 얼굴과 머리카락에 물기가 있었다.

안 나갈 거야?

그가 물었다.

그럼 내가 먼저 나갈게. 담배 한대 피우고 올게.

리모컨을 그녀의 옆에 내려놓고 그는 현관으로 향했다. 그때 그녀가 빠른 걸음으로 방으로 들어갔다. 문이 쾅 닫히고 문을 잠그는 소리가 들렸다.

뭐 하는 거야?

그가 문 앞으로 가서 문고리를 잡았다.

혼자 있고 싶어.

그녀가 방 안에서 소리 질렀다.

내 말이 맞지? 우리가 어떻게 됐는지 보라구. 우린 결국 이렇게 되는 거야.

문 열어.

그가 문을 두드렸다.

나한테 실망한 거지? 그렇다고 말해. 솔직해져봐.

그녀가 문을 열고 말했다. 다시 문을 닫으려고 했다.

그런 거 아니야.

그가 문을 손으로 잡고 있었다.

다치고 싶지 않으면 손 치워. 난 문 닫을 거야.

그녀가 그의 어깨를 세게 밀었다. 그가 양쪽 손목을 잡자 그녀는 필사적으로 뿌리쳤다. 뜨거운 것에 닿은 듯 어깨를 움츠리며 손을 빼냈다. 그는 생각보다 쉽게 뒤로 물러났고 그녀는 문을 닫았다.

네가 날 미워하지 않을 때까지 혼자 있을 거야.

그녀가 방문에 기대서서 외쳤다.

날 혼자 있게 내버려둬.

그녀는 한번 더 외쳤다. 그는 문을 두드리지도 그녀를 부르지도 않았다. 그녀는 문득 집에 혼자 있는 것 같은 섬뜩함을 느꼈다. 거실에서 아무 소리도 들리지 않았다. 잠시 후에 그녀는 문을 열었다. 방문 앞에서 한 손으로 얼굴을 가린 채 바닥에 앉아 있는 그를 발견했다.

자기야. 왜 그래?

그녀가 그의 앞에 쪼그리고 앉았다. 그의 얼굴에서 손을 떼어내려고 했다.

그렇게 하지 마. 아파. 아프다고.

그는 괴로워했다. 얼굴과 손을 건드리지도 못하게 했다.

어떻게 된 거야?

눈을 못 뜨겠어.

계속 눈물이 나 그의 얼굴은 축축했다.

내가 어떻게 해야 하지? 말해봐.

그 말을 반복하며 그녀는 그의 주변을 맴돌았다.

응급실에 가야겠어. 구급차를 부르거나. 내 휴대폰 어디 있지?

뭐가 어떻게 된 건지 모르겠어.

그녀는 그의 얼굴에서 손을 떼어내고 자신이 뿌리치던 손에 상처 입었을 그의 눈을 살펴보려고 했다.

잠깐만 날 좀 내버려둬. 그게 좋겠어. 제발.

그가 소리 질렀다.

그래 그럴게.

그 말을 마지막으로 그녀는 아무 말도 하지 않았다. 그는 두 눈을 감고 벽에 기대 있었다. 꽤 오랜 시간이 흘렀다. 시계 초침 소리만 들렸다.

그는 천천히 눈을 떠보았다. 시리고 따끔했지만 참기 어려운 통증은 지나갔다.

여기 계속 이러고 있었어?

그가 물었다. 그녀는 그의 앞에 무릎을 꿇은 채 앉아 있었다.

내가 보여? 내가 제대로 보여?

그가 고개를 끄덕이자 그녀가 와락 안았다.

얼마나 걱정했는지 몰라.

목을 조를 듯이 그를 꽉 안으며 그녀가 말했다.

자기야, 너무 괴로웠어. 전부터 말하려고 했어. 그런데 전근을 가게 되었다고 하는 거야. 그래서 더 말할 수 없었어.

그를 안은 채 그녀가 말했다.

계속 놀겠다는 건 아니야. 다른 걸 찾아볼 거야.

그래. 알았어. 무슨 말인지 알았어.

그녀의 얼굴을 양손으로 감싸며 그가 말했다. 그녀의 눈에 눈물이 고였다.

남자들도 만났어?

남자들?

입술을 오므리며 그녀가 물었다.

도서관에서 사람들을 만났다고 했잖아.

그가 그녀의 눈물을 닦아주었다.

남자들은 없어. 다 여자야. 이런 걸 준비하는 사람들은 대부분 여자야.

내가 걱정하는 건 그런 거야. 그게 아니라면 괜찮아.

혼잣말하듯이 그가 말했다. 그리고 그녀를 일으켜 세웠다. 그들은 마주 서서 눈물을 닦아주었다. 밝은 불빛 아래에서 그녀가 그의 눈동자를 살폈다. 다음 날 함께 병원에 가보기로 했다.

그가 먼저 욕실에서 얼굴과 발을 씻은 후에 그녀가 들어갔다.

자기야. 끝난 것 같아.

욕실에서 나오며 그녀가 말했다.

이제 할 수 있을 것 같아.

그녀가 싱긋 웃었다.

눈은 어때?

괜찮아. 말짱해.

그는 담배를 피우러 나갔다. 그녀가 담뱃갑을 찾아주었다.

그들의 집은 경사진 골목의 중턱에 위치했다. 위로도 아래로도 여러 갈래의 좁은 골목길이 뻗어 있었다. 그는 가로등 아래 서 있고 그녀는 거실 창가에 서 있었다. 담배를 꺼내며 그는 창가를 보았다. 그녀의 얼굴은 보이지 않고 실루엣만 보였다. 하지만 그녀가 자신을 지켜보고 있다는 것은 알 수 있었다. 평소에는 이쯤에서 그녀를 향해 손을 흔들었다.

라이터의 불이 잠시 그의 얼굴을 환하게 밝혔다. 누군가 그에게 다가왔다. 그는 인기척을 느끼고 고개를 돌렸다. 옆집 여자였다. 처음에 그는 여자를 알아보지 못했다. 앞치마를 벗은 여자는 조금 달라 보였다.

마침 여기 계셨네요.

여자가 쿠킹호일로 덮인 접시를 내밀었다. 한 손으로 접시를 받으며 그는 감사의 말을 전했다. 맛있게 먹을게요,라는 말도 덧붙였다. 그래도 여자는 가지 않고 서 있었다. 여자를 보며 어쩌면 남자와 여자는 부부가 아닐 수도 있겠다고 생각했다. 여자는 평범했다. 아무런 특징이 없었다.

바이올린,이라고 여자가 말했다. 그는 여자의 다음 말을 기다렸다. 여자가 그의 눈을 쳐다보았다. 그의 눈은 시력을 회복했으나 붉게 충혈되어 있었다.

돌려주셨으면 해요. 아까는 사정이 있었어요.

희미한 가로등 불빛을 받으며 서 있는 자신의 차와 그 앞의 검은 세단을 바라보던 그는 여자에게로 시선을 옮겼다.

어쩌죠. 버렸는데요. 자루에요.

그가 부드럽게 말했다.

자루에 없던데요.

여자의 목소리는 느릿하면서도 초조했다. 그는 여자에게서 무언가를 찾아냈다. 여자의 목에는 주근깨가 많았다. 자잘한 주근깨, 아니면 갈색 점이 목에서 어깨까지 퍼져 있었다. 팔에는 없었다.

오는 길에 자루에 넣었어요. 누가 집어갔나보네요. 자루 뒤지는 사람들이 있잖아요.

그는 연기를 내쉬고 담뱃재를 털었다. 담배 연기가 가로등 불빛 속에서 퍼지다가 사라졌다.

다시 한번 자루를 뒤져보세요. 자루가 꽤 깊어요.

그는 쿠킹호일을 벗겨보았다. 기름진 전이 몇가지 담겨 있었다. 군침이 돌았다. 하루 종일 먹은 게 없었다.

그가 접시를 들고 돌아왔을 때 거실 바닥은 깨끗했다. 그녀는 술병을 치우고 걸레질을 해두었다.

다른 얘기는 없었어?

그녀가 물었다.

없었어.

그 아주머니는 사연이 있어 보여.

그녀는 무언가를 곰곰이 생각하듯 입술에 손을 대었다.

그들은 전을 맛있게 먹었다. 배가 부르고 나른했다. 원피스 잠옷으로 갈아입은 그녀는 침대 위를 정리하고 방에 스탠드를 켜두었다.

네 말대로 레슨을 받아볼까봐.

그에게 기대며 그녀가 말했다. 반쯤 열린 창으로 시원한 바람이 들어올 때 그는 그녀의 엉덩이를 한번 꽉 쥐었다.

일년 동안 바이올린을 배우는 거야.

그녀가 그의 입안으로 혀를 밀어넣었다. 접시를 밀어두고 그들은 그 자리에서 바로 시작했다. 그는 할 마음이 사라졌었지만 한번 시작되자 걷잡을 수 없었다. 그녀의 다리가 몸을 조여왔다. 그녀의 움직임에는 리듬이 있었고 뭐라 설명하기 어려운 그 방식이 그는 좋았다. 어느 순간에 이르면 원하는 것이 저절로 이루어졌다. 곧 그 상태에 이르리라는 것을 그는 알고 있었다. 그는 그 순간을 기대하고 있었다. 그런데 그녀의 다리가 풀렸다. 그녀는 죽은 듯 누워 서랍장 위를 보고 있었다. 바이올린을 세워 놓은 벽면이었다.

저게 뭐야?

그녀가 몸을 위로 살짝 들었다. 그도 그걸 봤다. 벽면에 무언가 있었다. 그는 가로등 아래에서 봤던 여자의 주근깨를 떠올렸다.

개미야.

그녀가 말했다. 그리고 에프킬라,라고 외쳤다. 그가 에프킬라를 찾아왔을 때는 깨끗한 흰 벽일 뿐이었다. 그래도 그는 서랍장 주변의 구석에 엄청난 양의 에프킬라를 뿌렸다. 그녀는 잡아당기듯 커튼을 젖히고 창문을 활짝 열었다. 그들은 거실 한가운데 서서 말을 주고받았다.

개미가 아니었어.

그가 말했다.

그런 건 처음 봐.

그는 뭔가를 더 말하려고 했다.

그럼 그게 뭐란 말이야. 뭘 말하고 싶은 거야?

그녀가 대들듯 물었다. 그녀의 팔에 소름이 돋아 있었다. 윤기가 사라진 그녀의 피부를 보며 그는 자신들이 발가벗고 있다는 것을 깨달았다. 그는 거실 바닥에 흩어져 있는 옷을 집어들었다. 서둘러 옷을 입었다. 바지를 먼저 입었다.

이걸 버리고 올게.

그가 바이올린을 가리켰다.

그걸 버린다고?

그녀가 물었다. 그녀는 머리칼 속으로 손을 쑥 넣어 뒤로 넘겼다. 그가 원피스 잠옷을 내밀자 그녀는 고개를 떨구었다. 그는 그녀의 고개가 힘없이 꺾이는 모습을, 양손에 그녀의 얼굴이 묻히는 모습을 지켜보았다. 그는 그런 걸 본 적이 없었다. 그렇게 괴상하게 생긴 벌레가 한꺼번에 무리지어 가는 것을 본 적이 없었다. 어서 현관문을 열고 계단을 내려가야 한다고 그는 생각했다. 우선 신발을 신어야 한다고, 그전에 티셔츠를 입어야 한다고 생각했다. 그때 날카롭게 갈라지는 목소리가 들렸다.

왜? 도대체 왜?

두 손에 가려졌던 그녀의 얼굴이 드러났다. 그녀가 천천히 고개를 들어올렸다. 그녀는 웅변하는 사람처럼 똑바로 서서 양손을 가슴 높이로 들어올린 채 주먹을 쥐었다. 한 손에 바이올린을, 한 손에는 원피스 잠옷을 들고 서 있는 그의 앞에서 그녀가 다시 한번 외쳤다.

남극 산책

민형과 소영은 회전문을 지나 호텔 안으로 들어섰다. 그들이 통과한 회전문의 유리를 유니폼을 입은 직원이 작은 손걸레로 문질렀다. 벨보이는 분주히 움직이며 트렁크를 끌고 다니는 손님들을 안내했다. 로비의 중앙은 큼직한 구릿빛 조각상이 차지했다. 조각상을 중심으로 양쪽에 소파와 테이블이 하나씩 놓여 있었다. 두 사람은 레스토랑 입구에 가까운 소파에 앉았다. 그 자리에서는 일곱가지 이상의 프랑스 코스요리가 나오는 레스토랑이 보였다. 로비를 둘러보던 민형이 시간을 확인했다. 일찍부터 서둘러서 약속 시각까지는 여유가 있었다. 소영은 오랜만에 슈트 한벌을 차려입은 민형을 보며 마음에 든다는 듯 고개를 한번 끄덕였다. 그리고 테이블 위에 놓여 있던 잡지 한권을 집어들었다. 잡지를 넘기며 그녀는 한 손으로 머리를 매만졌다. 평소에 소영은 머리를 풀어 길게 늘어뜨렸지만, 오늘은 하나로 묶어 단정하면서도 당찬 인상을 주었다.

남극에 다녀온 사람의 인터뷰가 나와 있어.

소영이 잡지에 실려 있는, 얼음으로 뒤덮인 사진을 민형에게 보여주었다.

가보고 싶지 않아? 이 사람들 여기서 산책을 했대.

그녀는 잡지 보는 것을 좋아했다. 시사, 과학, 패션 등 분야를 가리지 않았다. 그 안에 담긴 사람들의 이야기, 곳곳에서 벌어지는 일들을 알고 싶어했다.

여길 어떻게 가.

민형이 대꾸했다.

그럼 이 사람들은 어떻게 갔겠어.

자격을 갖췄겠지. 연구원이라든가, 기자라든가.

우리도 자격을 갖추면 되지. 극지체험단이란 것도 있어.

그녀의 말에 그는 고개를 끄덕였다.

역시 선물을 준비할 걸 그랬나?

그녀가 물었다. 소영은 어제도 선물 때문에 고민했었다. 하지만 어떤 선물을 고르더라도 정호 눈에 차지 않을 거라는 판단에 그만두기로 한 것이었다.

이틀 전 정호에게 전화가 왔을 때 그들은 집에 있었다. 민형은 건조대에 옷가지들을 널었고 소영은 저녁을 차리는 중이었다. 그녀가 휴대폰을 가져다주었다. 화면에 찍힌 이름을 보며 소영은 누구인지 모르겠다는 표정을 지었다. 하지만 곧 기억해냈다. 정호는 민형이 다니던 직장의 이사였다. 재작년 가을, 그들의 결혼식에 아내와 함께 왔었는데 나중에 정호가 낸 축의금 액수를 보고 소영의 눈이 휘둥그레졌었다. 소영은 정호에 관한 다른 정보도 떠올렸다. 부동산과 주식으로 큰돈을 벌었고 그의 아버지는 이름만 대면 아는 주류회사의 사장이라고 했다. 소영은 민형의 옆에 붙어 앉아서 통화가 끝나기를 기다렸다. 정호는 그들이 보낸 제안서에 관심이 있으니 만나서 자세한 이야기를 하자고 했다.

저기 오시나봐.

소영이 작게 외쳤다. 회전문을 통과해 로비 안으로 들어오는 남녀가 보였다. 민형과 소영은 그들을 맞이하기 위해 일어섰다.

사모님도 오시는 거였어?

소영이 속삭였다. 그는 고개를 갸우뚱했다.

테이블 위에는 레스토랑 이름이 새겨진 식기와 냅킨, 꽃잎이 풍성한 생화와 따뜻한 물수건이 놓여 있었다. 금색 테를 두른 창으로 어둑해진 거리가 보였고 머리 위로는 샹들리에 불빛이 화려했다.

시간 내주셔서 감사해요.

소영이 정호와 혜진에게 반가운 미소를 보냈다. 훤칠한 키에 호남형인 정호와 단아한 분위기의 미인인 혜진은 이사와 대표라는 직함이 어울리지 않게 젊어 보였다. 삼십대 후반이라고 해도 믿을 것 같았다. 정호는 얇은 스웨터 위에 재킷을 걸쳐 입었는데 맞춰 입은 것처럼 몸에 잘 맞았다. 어깨가 널찍하고 균형이 잡혀 있었다. 민형과 소영은 정호 부부가 앉기를 기다렸다가 자리에 앉았다.

우리가 드디어 만났네요.

메뉴를 정한 후에 혜진이 말했다. 그녀는 이 만남을 오랫동안 기다린 것처럼 환하게 웃었다. 네 사람은 빵에 버터를 바르며 간단히 안부를 묻고 답했다. 정호와 혜진의 아이들은 고모님과 함께 미국에서 지내고 있었다. 그래서 미국으로 자주 아이들을 보러 다닌다고 했다. 민형 부부의 신혼 생활에 이어서 정호와 민형이 한 회사에 몸담았던 시절에 대해 이야기했다. 화제는 거기서 알고 지내던 사람들의 근황으로 넘어갔다. 그중 몇 사람을 잘 알고 있는 혜진은 생기 있는 목소리로 대화를 이끌었다. 잠시 소외되었던 소영이 다시 대화로 돌아왔을 때 세 사람은 누군가를 험담하고 있었다.

그 사람 보통이 아니에요. 주변에 사람이 남아 있지 않을걸요.

정호가 말했다.

난 그 사람 괜찮던데요. 몇번 만난 적이 있는데 괜찮았어요.

혜진이 말했다. 그녀는 확신에 차 있었고 정호는 입을 다물었다. 잠시 침묵이 흐르는 사이 웨이터가 트레이를 밀며 전채 요리를 가져왔다. 희고 둥근 접시의 오목한 부분에 감귤 시럽을 묻힌 킹크랩을 담아주었다.

프랑스에 계셨었죠?

소영이 부드럽고 상냥하면서도 차분한 말투로 물었다.

어떻게 알아요?

턱을 살짝 들어올리며 혜진이 물었다. 단발머리가 어깨에 닿을 듯했고 카디건 안에 입은 미색 블라우스는 무척 얇고 보드라워 보였다. 잘못 걸어놓으면 스르륵 미끄러져 떨어질 것 같았다.

사모님 기사를 봤어요.

혜진의 사진 옆에 그녀의 유학 시절과 그녀가 경영하는 회사에 대해 소개되어 있었다. 그녀는 남편과는 별개로 공연을 기획하는 회사를 운영했다. 소영은 민형의 서랍에 있던 혜진의 명함을 찾아서 관련 기사를 검색해봤다. 정호와의 대화에 도움이 될 것이라는 생각에서였다.

그걸 봤어요? 그런 걸 보는 사람이 있나 싶었는데.

정호가 장난스럽게 웃었다.

재미있긴 했지만, 내 인생이 두 페이지로 정리된 걸 보니까 묘하더라고요. 너무 간단해지는 것 같아서요.

웬만한 일에 당황하지 않는 그녀도 그 일은 좀 어색했다는 듯 어깨를 한번 으쓱했다. 그녀의 미소에는 그럼에도 불구하고 잘해냈다는 만족감이 보였다. '파리에서의 경험이 그녀를 타고난 기획자의 삶으로 이끌었고 오염된 식수로 고통받는 동남아시아 가정에 정수기를……' 소영은 기사 내용을 떠올렸다. 그중 몇개의 단어를 꺼내놓자 혜진의 손짓이 커졌다. 다음 이야기는 예상 밖으로 회사 직원들에 대한 불평으로 이어졌다. 어떤 직원들은 기부금을 보내는 대신 차라리 월급을 올려주길 바란다고 했다.

자부심을 갖는 게 아니고요? 그런 나눔이 결국 자기한테 돌아갈 텐데요.

소영이 놀란 듯 말했다. 하지만 여유로움을 유지한 채 미소를 띠었다.

바로 그거예요. 내가 하고 싶은 말이 그거예요.

혜진이 소영에게 감탄을 보냈다.

자부심? 난 직원들 이해 가요. 나라도 그럴 것 같아요.

정호가 던진 말에 혜진의 얼굴이 굳어졌고 소영은 당황했다. 그녀가 도움을 청하듯 민형에게 고개를 돌렸다. 그는 턱을 약간 당긴 채 정호와 혜진의 얼굴을 번갈아 보고 있었다.

걱정 말아요. 당신 같은 직원은 안 뽑을 테니까.

혜진이 피식 웃으며 대꾸했다. 그러자 정호도 싱겁다는 듯이 웃었고 민형과 소영의 얼굴에도 미소가 번졌다.

이 친구는 능력이 있지. 평판도 좋았어.

민형을 가리키며 정호가 말했다. 회사가 제대로 돌아가던 때는 민형이 있었을 때뿐이라며 정호는 한번 더 그를 칭찬했다.

멋쩍게 웃으며 민형은 물을 한모금 마셨다. 그리고 물기에 젖은 입술을 재빠르게 혀로 핥았다. 그는 여러 회사에서 스카우트 제의를 받기도 했지만 승진을 앞두었던 작년 가을에 퇴사했다. 회사에서 그가 하던 일은 프로그래밍의 오류를 수정하고 손실된 파일을 복구하는 일로 매번 다르면서도 비슷했고 그는 작업 후에 만족감보다는 답답함을 느꼈다. 소영 역시 직장 생활에 아쉬움이 많았다. 그녀가 가진 이벤트 운영과 행사 진행능력에 비해 실력을 발휘할 수 있는 기회는 적었다. 무엇보다 두 사람은 누구나 아는 이야기를 비밀인 듯 털어놓는 무리에 끼고 싶지 않았다. 십년 이상 일해온 상사들은 술자리가 끝나갈 무렵이면 술과 안주로 지저분해진 테이블에 기댄 채 자신이 원하던 삶은 이런 게 아니었다며 어둡고 슬픈 얼굴로 속삭이듯 말했다. 민형과 소영은 새로운 길을 모색하기로 했다. 소영의 아이디어를 가지고 민형이 직접 프로그램을 짰다. 각종 행사와 모임의 장소를 연결해주고 온라인 홍보를 서비스하는 플랫폼 형태의 아이디어는 신선했고 현실성도 있어 보였다. 이직을 하는 대신 민형은 시범 오픈 준비에 매달렸으며 퇴근 후와 주말에는 소영과 함께 작업했다.

이렇게 먼저 연락을 주셔서 얼마나 감사한지 몰라요.

소영이 활짝 웃었다.

궁금하신 게 있으면 뭐든지 물어봐주시구요.

민형의 목소리는 신중하면서도 단호했다.

잠시만요.

정호는 한동안 휴대폰 화면을 두드리며 무언가 쓰고 지우기를 반복했다. 휴대폰을 내려놓은 정호는 깍지 낀 손에 턱을 대었다. 침묵이 흐르는 동안 민형은 냅킨으로 입을 닦았고 소영은 삐뚤게 놓인 포크와 나이프를 나란히 했다. 혜진은 머리를 쓸어올리며 정호를 흘끔거렸다. 잠시 후에 깜빡했던 것이 문득 생각났다는 듯 정호가 민형과 소영에게 시원한 웃음을 보였다.

급한 연락이 와서요. 긴말이 필요한가요. 하게 된다면, 두 사람

보고 하는 거죠.

실망시켜드리지 않을게요.

소영이 눈을 반짝였다. 정호가 테이블 위로, 민형과 소영의 얼굴 가까이 몸을 숙였다. 소매를 살짝 걷어올리며 싱긋 웃었다.

그래서 얼마나 불려줄 수 있는 거야?

민형과 소영은 잠시 멈춘 듯 있다가 마주 보고 웃었다. 정호의 말투에서 소영은 친근함이라는 단어를 떠올렸다. 나란히 앉아 있는 정호와 혜진이 매우 가깝게 느껴져 앞으로 오랜 시간 잘 지낼 수 있겠다는 생각도 들었다.

정호의 휴대폰 벨이 울리자 윙크하듯 눈짓을 보내며 그는 자리에서 일어났다. 그가 나간 후에 혜진을 본 소영은 놀라지 않을 수 없었다. 혜진의 얼굴색이 울긋불긋했다.

어디 안 좋으세요?

잠자코 있던 혜진은 포크를 던지듯 내려놓았다. 뭔가 이상한 게 씹힌 게 아닐까, 민형은 생각했다. 그녀의 표정이 그랬다.

약간 어지럽네요. 이사님 좀 불러주세요.

혜진의 마른 입술이 달싹였다. 그녀를 지켜보던 민형이 정호를 찾으러 레스토랑 밖으로 나갔고 소영도 자리에서 일어섰다. 그냥 앉아 있을 수는 없었다. 잠시 후에 레스토랑 입구에서 고개를 가로젓는 민형이 보였다.

이 앞에 안 계신가봐요. 민형씨가 찾아볼 거예요.

소영이 혜진의 옆으로 다가가 말했다. 혜진의 귀와 목까지 울긋불긋했다.

열 있으신 거 아니에요?

몸을 낮춘 소영이 혜진의 이마에 손을 대려고 했다. 그러자 혜진은 기분이 상한 듯한 표정을 지으며 몸을 움츠렸다. 그리고 눈을 깜빡이며 어리둥절하게 있는 소영에게 말했다.

소영씨도 나가서 둘러봐줄래요?

두 사람은 로비를 가로질러 호텔 입구와 레스토랑 맞은편에 있는 까페를 둘러보았다. 1층은 다 찾아봤지만 정호처럼 훤칠하고 옷맵시가 좋은 사십대 중반의 남자는 없었다.

사모님 혼자 계셔도 괜찮을까?

소영이 걸음을 멈추며 물었다.

괜찮다고 하셨다며.

민형이 대꾸했다.

태풍 피해를 입은 아이들을 보러 필리핀에도 간다고 하셨어. 대단하지 않아? 몸도 약해 보이는데.

그런 것 같다고 민형은 대답했다. 민형과 혜진은 한두번 인사만 나눈 사이로 오늘 처음 만난 것이나 마찬가지였다. 소영은 정호에 대해서도 궁금해했다. 그러나 민형도 그에 대해 많이 알지는 못했다. 퇴사한 후로는 만날 기회가 없었고 사무실로 회의를 하러 왔을 때 술자리를 몇번 가졌을 뿐이었다. 민형이 아는 한 그는 통이 크고 유쾌한 사람이었다. 차는 독일제로 민형도 좋아하는 시리즈 중

하나였다.

될 것 같아?

소영이 다시 걸음을 멈추었다. 민형도 그녀의 옆에 섰다. 두 사람은 작은 티끌을 찾는 듯이 서로의 눈을 들여다보았다. 그들에게 이런 상황은 처음이 아니었다. 작년 가을부터 벌어진 일들이 두 사람의 머리에 스쳐 지나갔다. 올봄 시범 오픈 이후 반응이 좋았고 몇 군데서 투자 제안이 들어왔다. 구체적인 이야기가 오가면서 소영도 회사에 사직서를 냈다. 사무실을 구하고 직원 몇명을 채용하며 정신없는 나날을 보냈다. 둘만의 회사를 꾸려가는 재미가 있었다. 운이 좋다고 생각하면서도 지금껏 살아오면서 해왔던 그 어떤 일보다 많은 것을 쏟아부었으므로 이런 행운이 당연하다는 생각도 했다. 그러나 그 행운을 누린 시간은 무척 짧았다. 투자가 취소되어 새로운 투자자를 구해야 했다. 육개월째 프리랜서로 일하면서 인맥이 닿는 사람들에게 연락하던 중 정호의 연락을 받은 것이었다.

관심을 보이기는 하셨어.

민형이 대답했다. 성급한 기대는 금물이라는 것을 그는 잘 알고 있었다. 소영의 얼굴에는 옅은 홍조가 보였다. 그는 그녀가 흥분과 불안을 동시에 느끼고 있음을 알 수 있었다.

객실로 올라가는 엘리베이터 쪽에서 정호가 나타났다.

왜 전화를 안 받아요.

정호의 말에 민형은 슈트 상의 주머니에서 휴대폰을 꺼냈다. 벨소리를 무음으로 해놓은 휴대폰에 부재중 전화가 여러통 찍혀 있었다. 전부 정호가 걸어온 것이었다. 정호는 급한 일이 있어 서둘러야 하는 듯이 굴었고 그 모습이 민형과 소영을 초조하게 했다.

민형씨가 좀 도와줘야겠는데.

정호가 한 손으로 머리를 쓸어넘겼다. 민형이 무슨 일인지 물었고 걱정스러운 표정의 소영은 그의 옆에 바짝 붙어 서 있었다.

차 가져왔죠?

정호의 물음에 민형은 고개를 끄덕였다.

그럼, 갑시다.

정호가 민형의 어깨에 손을 올렸다. 그리고 소영에게는 혜진과 있어달라고 부탁했다.

괜찮겠어?

민형이 정호 쪽으로 걸음을 떼며 소영에게 물었다.

걱정 마. 어서 다녀와.

그녀가 고개를 끄덕였다. 그들은 엘리베이터 앞으로 걸어갔고 소영은 혼자 남겨졌다. 1층부터 4층까지는 세미나룸과 레스토랑, 그 위로는 객실이었고 지하 2층부터 4층까지가 주차장이었다.

어두워진 창밖을 배경으로 혜진은 테이블에 혼자 앉아 있었다.

이사님은요?

소영이 오자마자 혜진이 물었다. 그녀의 얼굴에는 여전히 붉은 기운이 남아 있었다.

곧 들어오실 거예요.

어디 계시던가요?

침울한 얼굴로 혜진이 물었다.

로비에 계셨어요.

그녀의 표정 변화를 살피며 소영이 대답했다. 웨이터가 다음 요리를 가져올 때까지 그들은 한동안 말이 없었다. 잠시 후에 혜진이 갑자기 목을 빼며 시선을 옮겼다. 레스토랑 안으로 들어선 정호가 다른 테이블을 지나 자리로 돌아오고 있었다.

민형씨는 갑자기 일이 생겼대. 어머니한테 연락이 왔다는 것 같은데?

정호가 자리에 앉으며 소영을 보았다. 그는 그녀의 동의를 구하고 있었다.

시어머니가 지방에서 갑자기 올라오셨어요.

눈을 깜빡이던 소영이 미소 지으며 말했다. 새로운 상황에 적응할 필요가 있다고 그녀는 판단했다.

옆 테이블에서 말소리와 웃음소리, 식기가 부딪히는 소리만 들려오는 가운데 세 사람은 식사를 다시 시작했다.

제가 좀더 말씀드려도 될까요?

침묵을 깨고 소영이 조심스럽게 물었다. 그녀는 정호가 다시 자신에게 관심 가져주기를 기다리고 있었다.

민형씨는 시간이 좀 걸리겠죠?

정호가 물어왔다. 그럴 것 같다고 소영은 대답했다.

어차피 얘기가 다 된 것 같은데요.

정호가 다시 시원한 웃음을 보였다. 그러나 전처럼 친근한 미소는 아니었고 두 사람 사이에 어색한 분위기가 생기기 시작했다. 그 사이로 혜진이 끼어들었다.

머리가 아파요.

그녀의 목소리는 딱딱하고 건조했다. 정호는 포크로 음식을 뒤적거리기만 했다. 소영은 한 손을 이마에 대고 있는 혜진을 잠시 바라보았지만 곧 정호를 향해 고개를 돌렸다.

나머지 얘기는 다음에 하죠.

정호가 말했다. 그는 금방이라도 식사를 마치고 자리에서 일어날 것 같았다. 소영은 허벅지 위에 놓여 있는 냅킨을 반듯하게 펴며 그를 바라보았다.

수익률 때문에 망설이시는 거라면 조정해드릴 수 있어요.

말을 마치면서 소영은 그가 내켜하지 않는다는 것을 알았다. 그녀는 양손을 모아 포갠 채 테이블 위에 올렸고 정호는 양 손가락 끝을 마주 댄 채 있었다. 그런 문제가 아니니 나중에 연락을 주겠다며 정호는 등받이에 몸을 기대었다.

그만 좀 해요. 어차피 생각도 없으면서.

정호를 비웃듯 높은 목소리로 혜진이 쏘아붙였다. 등을 기댄 상태에서 정호는 고개를 획 돌려 그녀를 노려보았다. 혜진은 그의 시선을 느꼈지만 신경 쓰지 않았다.

이사님. 혹시 유사 콘텐츠를 보신 거예요?

소영은 고개를 잠시 떨구었다가 다시 들어올렸다.

소영씨, 사업 아이템은 좋아요. 기발한 면이 있어요.

이 말을 하면서 정호는 인상을 약간 찌푸렸다.

저희가 먼저 시작했고 수정 보완을 해서 경쟁력이 있어요.

관심을 보일 만한 다른 사람을 소개해줄 순 있어요.

이제 그의 말투에는 짜증이 묻어났다.

아, 저기 민형씨가 오네요.

정호가 손을 들어올리며 외쳤다. 민형이 테이블을 향해 걸어오고 있었다.

성큼성큼 테이블로 다가온 민형은 자리에 바로 앉지 않았다. 세 사람이 일어나기를 기다리는 것처럼 보였다. 얼굴은 상기되고 머리는 헝클어진 채로 자신의 의자 뒤에 서서 숨을 몰아쉬었다. 그를 바라보는 소영의 얼굴은 태연하고 평온했다. 하지만 눈에 보이는 것이 다가 아니라고 민형은 생각했다.

어쩌나, 우리 막 일어나려던 참이었는데.

정호가 말했다. 그는 민형과 눈을 마주치면서 양쪽 눈썹을 올렸다가 내렸다.

아니에요. 더 있다가 가요. 디저트도 먹어야죠.

목소리를 높인 혜진이 민형을 보며 말했다.

머리가 아프다며.

정호가 말했다.

이제 괜찮아요.

다시 정호의 시선을 받으며 혜진은 기대앉았다. 그녀의 변덕에

신물이 난다는 듯 그는 고개를 저었다. 혜진에게 화가 나 있었고 더이상 그런 내색을 숨기지 않았다. 그의 원래 계획은 이런 게 아니었다. 혜진이 따라나서면서 다 틀어져버렸다.

민형은 자리에 앉았다. 그리고 식사를 시작했다. 테이블 위에는 치즈와 버섯이 들어간 안심 스테이크가 준비되어 있었다. 스테이크 조각을 입에 넣으면서 그는 정호에게 시선을 고정시켰다.

이사님께서 좋은 말씀 많이 해주셨어.

소영이 말했다. 그녀의 목소리는 살짝 떨리고 있었다.

소영씨와 얘기 잘 나누고 있었어요. 오히려 우리가 좋은 얘기를 많이 들었지.

정호의 유쾌한 목소리가 울렸다. 민형은 정호의 호탕한 웃음과 자신만만한 얼굴에서 초조함이 깃든 모습을 쉽게 떠올릴 수 있었다. 정호는 여자가 쌀쌀맞게 대할 때조차도 매우 조심스러웠다. 엘리베이터에 탄 후 민형과 정호는 객실로 올라갔었다. 객실 앞에서 정호는 여자 한명을 소개해주면서 간단한 부탁을 했다. 근처 까페에서 가구 몇개를 옮겨달라는 것이었다. 차로 오분도 걸리지 않는 거리의 까페로 여자가 운영하는 곳이었다.

어머니는 잘 뵙고 온 거예요?

혜진이 물었다. 버섯과 치즈를 함께 씹고 삼키며 민형은 고개를 끄덕였다. 혜진은 위아래로 그를 훑어보았다.

이사님이 네가 오기를 기다리셨어. 다른 분을 소개해주실 수도 있다고 하셨어.

나이프를 들고 있는 그의 팔에 손을 얹으며 소영이 말했다. 그는 지친 표정으로 소영에게 고개를 끄덕였다. 그녀는 그가 무슨 말을 해주기를 바랐으나 민형은 잠자코 입안의 음식을 씹었다. 한동안 아무것도 먹지 못해 허기진 사람처럼 계속 스테이크 조각을 입안에 넣었다.

신경 써주셔서 감사드려요.

음식을 다 삼킨 후에 민형이 입을 열었다. 그는 정호에게 담담한 미소를 지어 보이며 자신의 빈 접시를 밀어내고 소영의 접시를 가져왔다. 까페에서 가구를 나르는 동안 여자는 무슨 일로 정호를 만났느냐고 물었고 민형은 솔직하게 대답했다. 그러자 여자는 기대하지 않는 게 좋다고, 정호 부부는 곧 한국을 떠날 거라고 했다. 그래서 이런 걸 주는 거거든요. 여자는 손에 들고 있던 상자를 들어 보였다. 리본이 달린 작은 상자로 반지나 귀걸이가 들어 있을 만한 크기였다.

민형씨, 배가 많이 고팠나봐요. 와인 한잔 어때요?

혜진이 물었다.

와인은 다음에 먹지?

정호가 그녀의 팔에 손을 얹었다. 정호의 손길을 밀어내며 그녀는 한잔해야겠다고 말했다.

민형씨가 이제 왔잖아요. 민형씨와는 얘기도 못했는데.

정호를 향해 그녀는 냉랭하게 웃으며 천천히 손을 들어올렸다. 그러나 곧 그녀의 상체가 휘청거렸고 얼굴은 무표정으로 싸늘해졌다. 정호가 그녀의 팔을 낚아채듯 잡아 내린 것이다. 주문을 받으러 온 웨이터도 돌려보냈다. 그녀는 자세를 바르게 하고 머리를 쓸어 넘기며 우아함을 잃지 않으려고 노력했다. 그녀의 가슴이 오르락 내리락했다. 잠시 후에 정호는 휴대폰으로 눈길을 돌렸고 혜진은 말없이 자리에서 일어났다. 두번째 접시를 순식간에 다 비우고 냅킨으로 입을 닦는 민형을 바라보던 소영도 조용히 자리에서 빠져나왔다.

화장실 안의 파우더룸에서 소영은 혜진을 기다렸다. 거울과 거울 사이의 벽에 달린 조명에서 은은한 빛이 퍼져나오는 아늑하고 따뜻한 분위기의 공간이었다. 상아색 대리석 선반 위에는 흰 장미 몇송이가 투명한 유리병 안에 꽂혀 있었다. 물에 잠긴 꽃대 위에 수십개의 꽃잎이 부드러운 곡선을 이루며 조금씩 벌어져 있었다. 소영은 짧은 시간 동안 깊은 생각에 빠졌다.

가운데 칸에서 혜진이 나왔다. 그녀는 소영을 보고도 바로 세면대로 향했다. 거울로 소영이 혜진 옆에 다가서는 것이 보였다. 소영이 건네주는 종이타월을 받으며 혜진은 잠깐 눈길을 주었다. 그리고 소영은 그 기회를 놓치지 않았다.

로비 가운데 큰 조각상이 있잖아요. 이사님은 그 뒤에 계셨어요. 거기서 통화하고 계신 줄도 모르고 민형이와 저는 까페와 호텔 입구 근처만 빙빙 돈 거예요. 그러느라 시간이 걸렸던 거예요.

자신과 민형이 어리석었다는 듯이 소영은 한숨을 내쉬며 웃었다. 혜진은 거울에 비친 자신의 모습을 확인하고 세면대에서 물러나 출입구를 향해 걸었다.

오늘 만남에 의미가 있다고 생각해요. 두분은 저희의 선배이기도 한 거잖아요?

소영이 뒤따라가며 말했다.

선배?

혜진이 뒤돌아섰다.

두분은 먼저 시작하셨고 훨씬 오래되셨죠. 저희는 이제 만 이년이 지난걸요.

소영은 결혼 연차에 대해 말하고 있었다.

소영씨, 재밌는 사람이네요.

콧바람을 내며 혜진이 웃었다. 그녀의 웃음에 소영은 약간의 여유를 되찾았다.

이사님이 왜 갑자기 마음을 바꾸셨을까요?

부드럽고 상냥하면서도 차분한 말투로 소영이 물었다. 그녀의 얼굴을 찬찬히 살펴보던 혜진이 한쪽 눈썹을 치켜올렸다.

민형씨 어디 다녀온 거예요?

시무룩하게 있던 소영이 미간에 주름을 만들었다.

아시잖아요.

잠시 후에 소영은 숨을 크게 들이쉬며 묶은 머리에서 삐져나온 잔머리를 귀 뒤로 넘겼다.

어느 부부나 이런저런 문제들이 있잖아요. 두분 사이에 특별히 문제가 있다고 생각하지 않아요. 저와 민형이는.

소영은 말하다가 멈추었다. 그리고 두 손으로 양팔을 감싸며 천천히 말을 이었다.

저희는 일이 틀어지면서 좀 힘들어졌어요. 둘 다 직장을 그만두었고 집을 담보로 사무실을 얻었는데, 투자가 취소되면서……

누군가 그들 사이를 지나 화장실 칸으로 들어가면서 대화가 잠시 끊겼다. 혜진은 생각에 잠긴 듯 있다가 고개를 들어 소영을 바라보았다.

소영씨, 민형씨가 어머니 만나고 온 거 맞아요?

혜진이 물었다. 소영의 미간에는 다시 주름이 생겼다. 그녀는 혜진의 얼굴이 잘 안 보이는 것처럼 눈을 찌푸리고 있다가 손으로 이마를 몇번 문질렀다.

미리 연락을 달라고 부탁드려도 소용없어요. 아무 때고 불쑥 찾아오시고 별것 아닌 일에도 요란스럽게 구시고요.

소영이 내뱉듯이 말했다.

그렇군요.

혜진이 고개를 끄덕이며 어깨를 으쓱했다. 소영은 그녀의 얼굴을 보고 의아한 표정을 지었다. 레스토랑에 도착하여 막 자리에 앉았을 때처럼 그녀는 단아한 미소를 지어보였다.

어쩔 수 없죠.

혜진이 말했다. 그리고 다음 말을 잇기 위해 소영에게 한발 다가섰다.

민형과 정호가 앉아 있는 테이블 위에는 디저트가 준비되었다. 청포도 소르베로 그날의 마지막 코스였다. 혜진이 먼저 자리로 돌아오고 몇분 후에 소영이 돌아왔다.

이제 정말 가야 할 것 같아요.

혜진의 얼굴에는 혈색이 돌아왔다.

그래, 집에 가자구.

정호가 말했다. 정호 부부는 그날 처음으로 의견 일치를 보았다. 그들은 자리에서 일어나려고 했다. 그러나 맞은편의 두 사람에게는 전혀 그럴 기미가 보이지 않았다. 소영이 민형의 팔을 붙잡았다.

내가 말했어요. 우리 LA로 가는 거 말이에요.

혜진이 입을 삐죽이며 말했다. 정호는 혜진의 말을 똑똑히 들었지만 대꾸하지 않았다. 그녀를 노려보지도 않았고 팔을 잡아끌지도 않았다. 그는 조용히 자리에서 일어섰다. 정호는 오래전에 혜진에게 흥미를 잃었다. 그리고 얼마 전에 주식에서 큰 손해를 본 이후로는 서울에도 흥미를 잃었다. 정호와 혜진은 미국 시민권자였고 아이들도 미국에 있으니 두 사람에게는 굳이 서울에 머물러야 할 이유가 없었다. 그는 한국에 미련이 없었지만, 여자가 마음에 걸렸다. 여자를 볼 수 없다는 생각을 하면 막막해졌다. 그의 계획은 여자와 최대한 많은 시간을 보내는 것이었다. 여자를 설득하는 것이 그에게는 가장 중요했다.

민형아.

소영이 그의 이름을 불렀다. 민형의 슈트는 구겨져 있었지만 얼굴은 담담했다. 표정의 변화도 거의 없었다. 정지된 듯 움직이지 않는 두 사람에게서 혜진은 눈을 떼지 않았다. 혜진은 그들의 모습에서 차이를 발견했다. 소영은 넋이 나가 있었지만, 민형은 괜찮아 보였다.

소영씨한테 신경 좀 써주세요.

자리에서 일어나며 혜진이 말했다.

어머니가 연락도 없이 자주 오셔서 소영씨가 힘들어하는 것 같던데.

혜진이 카디건에 붙어 있는 빵가루나 먼지 같은 것을 떼어내며 말했다. 그러자 민형과 소영 사이에 미세한 움직임이 생겼다. 소영은 자신을 보는 민형의 눈길을 느꼈고 그에게 뭔가 말하려고 했다. 그러나 그의 눈은 여전히 차분하고 어떤 동요도 없어 그녀는 아무 말도 할 수가 없었다. 민형은 그녀의 뜨거운 손을 부드럽게 밀어내며 자리에서 일어섰다. 그리고 레스토랑으로 혼자 걸어올 때처럼 성큼성큼 정호에게 다가갔다.

깜빡할 뻔했네요.

정호의 얼굴과 맞닿을 정도의 거리에서 민형이 말했다. 옆에 있던 혜진은 한발짝 떨어졌다. 당황한 정호는 몸을 빼내려고 했지만, 민형이 그의 옷깃을 잡고 있었다. 둘은 몸싸움 비슷한 것을 했다. 테이블이 밀리며 포크와 나이프 몇개가 떨어졌다. 정호는 민형을 떼어내려고 했고 민형은 더 가까이 붙으려고 했다. 정호의 콧바람이 민형의 얼굴에 닿았고 민형의 두 눈이 정호의 얼굴 가까이 있었다. 그 상태에서 민형은 자신의 슈트 안주머니에서 상자를 꺼냈다. 민형은 마지막으로 정호의 옷깃을 단단히 비틀어 쥐며 그의 가슴을 더듬었다. 정호의 성긴 눈썹 아래 큼직한 눈동자가 한번 빠르게 움직였다. 민형이 무엇을 하려는지 알아차린 정호의 얼굴은 납빛으로 변했다. 안주머니를 찾아 리본이 달린 작은 상자를 밀어넣으며 민형은 정호를 놓아주었다.

이걸 전해드리래요.

정호는 입을 약간 내민 채로 민형을 노려보았다. 그의 콧구멍이 벌렁거렸다. 민형은 그의 얼굴이 점점 일그러지는 모습을 보고 있었다. 가구를 다 옮기고 났을 때 여자는 상자를 건네며 정호에게 돌려주라고 했다. 돌아오는 차 안에서 민형은 상자를 감싸고 있던 리본 사이에 끼워져 있는 작은 카드를 빼냈다. 음탕한 문장들이 쓰여 있을 거라고 생각했다. 거기를 가리키는, 어서 하고 싶다는 말들. 그런 말은 없었다. 빼곡히 공들여 적은 말들이었다. 정호는 여자에게 미국으로 함께 가달라고 부탁하고 있었다. 그 외에는 사랑한다는 말뿐이었다. 사랑한다는 말의 여러가지 표현이었다.

소영이 자리에서 일어섰고 혜진은 고개를 앞으로 내민 채 정호를 쳐다보았다. 민형은 그의 자리로 돌아왔으며 정호는 재킷을 잡아내려 반듯하게 폈다. 네 사람은 로비로 나와 조각상 앞에서 어색한 인사를 나누었다.

민형과 소영은 차에 올라탔다.

여기에 여자가 탔던 거야?

소영이 물었다. 민형이 고개를 끄덕이며 재미있다는 듯이 웃었다. 차는 바로 출발해 집으로 향했다. 그들은 녹초가 되었고 쉬고 싶었다.

아까 그 표정 봤어? 이사님 표정 말이야.

민형이 쾌활한 목소리로 말했다.

사모님 표정도 장난 아니었어. 쓰러지기 직전이던데.

그는 그 목소리 톤을 유지하기 위해 애썼다. 둘은 로비에서 벌어진 상황, 정호와 혜진의 표정을 떠올리며 웃었다. 웃다가 어느 순간 적막해졌다.

소영은 달리는 차 안에서 민형의 옆얼굴을 바라보았다. 민형의 어머니는 이제 사진으로만 볼 수 있었다. 성글게 난 눈썹과 살짝 처진 눈매, 뭉툭한 콧방울. 민형은 어머니를 쏙 빼닮았다. 친척 어른들도 모두 그렇게 말했다. 그는 어머니의 임종을 지키지 못해 한동안 마음 아파했다. 연락을 받고 바로 병원으로 갔지만 이미 돌아가신 뒤였다. 작년 여름의 일이었다.

난 네가 이사님을 때리는 줄 알았지.

소영이 그를 보며 희미하게 웃었다. 그는 아무 말 하지 않았다.

그는 분명 소영만큼 기대하지는 않았다. 시범 오픈 이후 그들의 아이템과 비슷한 것들이 많이 생겼고 그 업체들은 혀를 내두를 만큼 발 빠르게 움직였다. 그래서 기존 투자자들도 돌아선 것이었다.

시기를 놓쳤다고 말하는 사람들이 많았지만 포기하고 싶지 않았다. 초기 투자비용은 고스란히 두 사람의 몫으로 남더라도 결국 그 덕을 보게 될 거라고 그들은 말하곤 했다. 민형은 까페에서 호텔로 오는 짧은 거리에도 급하게 차를 몰았다. 주차장에 차를 세워두고 엘리베이터를 기다리다가 계단으로 뛰어올랐다. 레스토랑에 도착하자마자 소영을 데리고 나오려고 했다. 그런데 막상 들어서니 마음이 달라졌다. 소영의 얼굴을 보는 순간 그녀를 그대로 내버려두고 싶어졌다.

민형은 양손으로 운전대를 꼭 쥔 채 차를 몰았고 소영은 창밖을 보고 있었다. 차는 고가도로를 지나 이차선으로 진입했다. 민형이 음악을 틀었다. 두 사람이 좋아하는 곡이 흘러나오는 가운데 어두운 밤거리와 조명을 밝힌 가게들이 보였다. 요즘 민형은 일을 구하고 있었지만, 눈에 들어오는 자리는 없었다. 네가 직접 새로운 프로그램을 개발할 수도 있지. 그가 이직을 고민하고 있을 때 소영은 그렇게 말했다. 그 말이 그때는 새롭게 느껴졌다. 그를 설레게 했었다.

차는 완만한 커브를 돌았다. 소영은 민형의 얼굴에서 반짝이는 것을 발견했다. 차 안으로 빛이 들어올 때마다 그의 얼굴이 반짝였다. 이마와 눈썹 옆에 땀이 차 있었다. 소영이 팔을 들어올리자 민형은 핸들을 돌리면서 몸을 수그렸다. 그 순간 차가 휘청거리면서 갑자기 멈춰 섰고 그들의 몸은 앞으로 쏠렸다가 제자리로 돌아왔다. 범퍼가 어딘가에 박히면서 그녀의 귀에 삐익 하는 이명이 들렸다. 그의 차가운 몸은 땀에 흠뻑 젖어 있었다. 여전히 음악이 흐르는 가운데 누군가 그들의 차에 가까이 다가왔다. 운전석의 창문을 두드리는 소리에 그와 그녀는 동시에 돌아보았다. 창문이 열리며 들어온 차가운 공기가 두 사람을 휘감았다. 그들은 차에서 내릴 준비를 했다. 집으로 돌아가기 전에 처리해야 할 일이 있다는 사실을 받아들였다. 두 사람은 차에서 내렸다.

찰나의 얼굴

짙푸른 나무와 꽃향기가 가득한 공원의 오솔길을 지나자 해변이 펼쳐졌다. 수정은 썬글라스를 꺼내 쓰고 효진은 관광안내도를 들어올려 뜨거운 햇볕을 가렸다. 아직 서늘한 날씨인데도 수영하는 사람들이 있었다. 해변을 달리는 외국인과 혼자 앉아 바다를 바라보는 사람, 커플티를 입고 해변을 거니는 연인들이 보였다. 장난기 가득한 십대 남학생들도 있었다. 가위바위보! 머리를 감싸며 무리에서 도망치는 한명을 나머지 학생들이 바다로 끌고 들어갔다. 수정과 효진은 샌들을 벗고 해안을 따라 걸었다. 발가락 사이로 파고드는 모래가 부드러웠다. 머리 위로는 붉은 연이 날았다.

저 사람 괜찮은 걸까요?

앞서가던 효진이 멈칫했다. 얼마 떨어지지 않은 곳에 한 남자가 쓰러져 있었다. 물기에 젖은 몸이 햇볕에 번들거렸다.

계속 봤는데, 움직이질 않아요. 저렇게 누워 있다니 이상해요.

효진의 단발머리가 바람에 흩날렸다. 쓰러진 남자는 야자수가 프린트된 수영복을 입고 있었다. 고개는 한쪽으로 치우쳐 있고 두 발은 양쪽으로 벌어져 있었다. 수정은 썬글라스를 들어올렸다. 아무도 쓰러진 남자에게는 관심이 없었다. 소리 없이 하늘을 휘젓는 붉은 연이 기다란 꼬리를 늘어뜨리며 기울었다. 그 아래로 달려오는 한 남자가 보였다. 민소매 셔츠를 입은 남자였다. 그가 쓰러진 남자 곁에 앉아 몸을 흔들자 힘없이 꺾여 있던 머리가 움직였다. 달려온 남자의 얼굴에 안도의 빛이 번졌다. 쓰러져 있던 남자가 혼자 상체를 일으키며 피식 웃자 달려온 남자의 인상이 잠깐 험상궂어졌다. 그들은 모래를 털며 일어났다. 둘 다 훤칠한 키에 건장했다. 남자들은 소름 돋은 팔을 비비며 멀어졌다. 가다가 한번씩 뒤를 돌아봤다. 쓰러졌던 남자의 얼굴이 슬쩍 보였다. 핏기 없는 얼굴에 입술까지 파랬다.

다들 장난이 심하네요. 짓궂어요.

효진이 시무룩한 얼굴로 말했다. 효진과 수정은 해변을 조금 더 걸었다. 손수건으로 발의 물기를 닦고 샌들을 신은 후 술집으로 향할 때 효진은 다시 밝아졌다.

엄청 유명한 데래요. 여기서 영화 촬영도 많이 했대요.

손을 흔드는 고양이 인형이 손님을 맞이하는 술집이었다. 하얀 김이 피어나는 어묵탕에서 구수한 국물 냄새가 났다.

그 사람들이에요.

문가를 향해 앉은 효진이 속삭였다. 수정이 고개를 돌렸다.

아까 바닷가에서 두분을 봤어요.

민소매를 입고 달려오던 남자, 현구가 회색 남방 소매를 걷어올리며 빙그레 웃었다. 그는 옆 테이블에 앉아 말을 걸었다.

무슨 일 있는 줄 알았어요.

효진이 높은 톤으로 웃으며 대꾸했다.

놀라지도 않던데요.

수영복을 입고 쓰러져 있던 남자, 정식은 얇은 재킷을 의자 등받이에 걸쳐놓았다.

수영복 때문이에요. 언니가 그런 수영복을 입고 죽는 사람 없을 거라고 했어요. 전 가보려고 했는데.

효진이 수정과 남자 둘을 쳐다보며 억울한 듯 말했다.

정식과 현구가 담배를 피우러 간 사이 효진은 수정의 립스틱을 빌렸다. 그들이 돌아온 후에는 합석을 했다. 정식과 현구가 그녀들의 테이블로 왔다. 네 사람은 맥주잔을 들어올려 건배를 하고 한모금씩 들이켰다. 너무 차가워 이가 시렸다. 넓은 냄비에 어묵과 곤약, 유부가 가득 든 탕이 나온 후에는 나무 숟가락으로 국물을 떠먹으며 감탄을 내뱉었다. 소 힘줄이 들어간 국물은 진하고 개운했다.

혹시 유튜브 방송하세요?

구독 중인 유튜브 채널 BJ와 수정이 닮았다며 현구가 영상을 하나 보여줬다. ASMR*의 녹음과정을 보여주는 채널이었다. 수정은 관심을 보이지 않았다. 현구가 내미는 스마트폰 화면을 쳐다보지도 않았다. 대신 효진이 유튜브 영상과 수정의 얼굴을 번갈아 봤다.

언니 코에 점 있네요.

효진이 소리쳤다.

그걸 몰랐어? 둘이 무슨 사이야?

정식과 현구가 젓가락질을 멈추었다.

오늘 처음 만났어요.

효진은 신이 난 듯 말했다.

KTX 안에서 만나서 해변까지 같이 온 거예요.

KTX 옆자리에 앉은 수정이 효진에게 부탁을 해왔다. 스마트폰을 내밀며 대신 전화를 받아달라고 했다. 역에서 스마트폰을 주웠다고, 분실물신고센터에 맡길 거라고 해주세요. 효진은 시키는 대로 했다. 둘은 전화를 끊고 웃었다. 미술관에서 일하는 수정은 출장이 취소되었는데 바로 서울로 돌아가고 싶지 않다고 했다. 언니는 스물다섯살에 뭐 했어요? 효진이 물었다. 둘은 이야기를 나누며 역에 내렸다.

재밌는 일 하시네요.

정식이 수정에게 말했다. 혈색이 돌아온 그의 얼굴은 건강해 보였다.

우린 수영선수예요. 지금은 시즌이 끝나서 쉬는 중이구요.

---

* 뇌를 자극해 심리적인 안정을 유도하는 영상이나 소리.

현구의 소개가 끝난 후 효진의 차례가 되었다. 효진은 액세서리를 디자인한다고 자신을 소개했다. 그들은 밤바다를 보러 가기로 했다. 술집을 나서기 전에 맥주를 몇잔씩 더 마셨다. 꽃무늬 일본 전통의상을 입은 종업원이 국물을 더 가져다주었다.

높이 솟은 가로등 불빛이 백사장을 비추었다. 새까만 바다 위에 흰 물보라가 끊임없이 밀려오고 멀리 보이는 언덕 위 불빛은 촘촘히 박힌 보석처럼 빛났다. 바람은 더 쌀쌀해졌다. 네 사람은 가느다란 막대 끝에 불을 붙였다. 치익, 소리와 함께 주변이 환해지며 불꽃이 뿜어져 나왔다. 그들은 불꽃으로 서로의 얼굴을 비추며 웃었다. 반짝거리며 타들어가던 불꽃은 얼마 가지 않아 사그라들었다. 효진은 눈을 본 강아지처럼 좋아했다. 수정의 막대만 불꽃이 일지 않았다.

불량인가봐요.

정식이 다른 막대에 불을 붙여 수정에게 건넸다. 그때 수정은 그의 얼굴이 묘한 느낌을 주는 이유를 알게 되었다.

바다 정말 오랜만이에요.

불꽃이 꺼진 뒤에 효진이 한숨을 쉬었다.

저 사실 임용고시 준비하고 있어요. 액세서리 디자이너 아니구요.

효진은 고개를 푹 숙였다.

얼마 전에 2차에서 또 떨어졌어요.

기대가 많으면 인생이 피곤해져요.

현구가 효진의 어깨에 손을 올렸다.

오늘도 도서관 가야 하는데 너무 답답해서…… 만날 사람도 없고 머리는 무겁고…… 사람들이 물어볼 때마다 미치겠어요. 오년째거든요.

가로등을 등진 네 사람의 그림자가 바다를 향해 길게 드러누웠다. 발끝으로 모래를 찍어대던 효진은 고개를 들어 현구를 쳐다봤다. 수정은 바람에 날리는 머리칼을 쓸어 한 손에 잡았다. 멀리 바다를 보던 정식이 손을 올려 어딘가를 가리켰다.

저기 뭔가 움직여요.

검은 바다 위에 무언가 위아래로 들썩였다. 네 사람 모두 그걸 보고 있었다. 개 한마리가 바다에 떠 있었다.

저러다 죽겠어요.

효진은 개를 구해줘야 한다고 했다.

수영선수라면서요.

빠져나온 머리카락이 수정의 얼굴을 뒤덮었다.

맞다, 우리 수영선수지.

정식이 진지한 표정을 짓다가 웃음을 터뜨렸다. 현구도 아, 참 그렇지, 하며 효진에게 찡긋 웃어 보였다.

선수들보다 수영을 잘하는 강아지네요.

수정이 두 사람을 장난스레 흘겼다. 개는 헤엄을 쳐서 모래사장에 다다랐다.

진우는 자는 척을 포기했다. 요즘 들어 그는 잠을 잘 못 잤다. 그런 밤이면 스탠드를 켜고 시집을 뒤적였다. 소리 내어 시를 읽다보면 자신감이 생겼다. 얇은 종이에 박힌 단어들이 자신을 응원하고 있다고 상상했다. 그는 시집을 든 채 수정을 흔들어 깨웠다. 진우는 수정에게 시를 읽어주었다. 나중에는 수정이 읽어주었다. 둘은 한밤중에 침대에 앉아 살을 맞댄 채 그렇게 시간을 보내곤 했다. 친구 소개로 만난 두 사람은 몇년 전에 집을 합치고 결혼을 했다. 수정은 박사과정을 밟으며 미술관 연구원으로 일하고 진우는 대학에서 강의를 하면서 십분 내외의 영상을 만들었다. 수정은 많은 것을 알고 싶어했고 진우는 이미 많은 것을 알고 있다고 생각했다. "가장 나이며 가장 나의 것이 아닌 것처럼/가장 너이며 가장 너의 것이 아닌 것처럼/로라와 로라,/책상 위로 팔을 올리는 감정처럼/책상 위에 턱을 괴고/얼굴이 비대칭으로 자라나는/로라와 로라".* 시 전문이 끝나기도 전에 진우는 흥분했다. 그의 새 작품에는 기묘한 느낌을 주는 얼굴이 필요했다. 비대칭이면서 텅 빈 느낌을 주는 얼굴. 마감이 얼마 남지 않을 때였다. 수정은 정식의 인중을 떠올렸다.

상체를 드러낸 정식은 한참 동안 움직이지 않고 앉아 있었다. 강풍기가 바로 앞에 설치되어 있어 버튼만 누르면 거센 바람이 얼굴로 사정없이 몰아쳤다. 수정은 효진을 통해 정식에게 연락했다. 효

---

* 심지아 『로라와 로라』, 민음사 2018.

진은 현구와 사귀고 있었다. 정식은 생각할 시간을 하루 달라고 한 후에 촬영을 승낙했다. 촬영하는 동안 정식은 수정을 누나, 진우를 형이라고 부르며 특유의 친화력을 보였다. 작업과정을 세세히 물어와 촬영을 잠시 멈추고 이야기를 나누기도 했다. 촬영이 끝난 후에는 집에서 함께 식사했다. 건축회사에 다니다가 그만둔 정식은 앞으로 건축 재료로 작품을 만들어보고 싶다고 했다. 수정과 진우는 고개를 끄덕였다. 구체적으로 어떤 작품을 하고 싶은지는 묻지 않았다.

정식이 돌아간 후 진우는 촬영파일을 컴퓨터로 옮겼다. 넓은 책상 위의 커다란 모니터는 잘 닦은 거울처럼 깨끗했다.

매력적이지 않아?

수정은 모니터에 확대된 정식의 얼굴을 어루만졌다. 코와 윗입술 사이 완벽한 대칭으로 솟은 두개의 작은 산, 매끄러운 인중이 그의 얼굴에는 없었다. 대신 옅은 살색의 도드라진 흉터가 자리 잡았다. 윗입술의 중앙은 살짝 어긋나 있었다.

진우는 컴퓨터 앞에 앉았다. 타임라인 위에 촬영파일이 깔렸다. 색색의 선로 위에 열차가 놓여 있는 것 같았다. 비디오트랙은 잘게 잘리거나 길게 죽 이어져 있고 사운드트랙은 파도나 산등성 모양의 파형을 만들었다. 그는 다양한 시도를 했다. 그가 원하는 이미지를 만들어야 했다. 정식의 얼굴 위에는 수십개의 점이 찍혔다. 그의 얼굴은 모니터 속에서 커지거나 작아지고 뒤틀리거나 반전되었다. 진우는 마우스와 단축키로 이 모든 걸 조종했다. 시간을 늘

리거나 줄일 수도 있고 되돌릴 수도 있었다. 대신 책임을 져야 했다. 어떤 이유로 원본을 훼손했는지, 그럴듯한 단어로 설명할 수 있어야 했다.

전시 연계 특별 강연은 지하 홀에서 열렸다. '예술의 미래 – 의식의 확장'이 주제였다. 수정은 침착하려고 애썼다. 세시가 다 되어갔다. 최후의 방안으로 강연을 들으러 온 사람들에게 공지했다. 샹컨의 노트북과 같은 기종의 충전기가 있다면 당장 빌려야 했다. 샹컨의 고양이가 충전기를 망가뜨렸는데 그걸 몰랐다. 수정의 잘못이 아니었지만, 수정이 해결해야 했다. 그 노트북 안에 자료가 있으니 어떻게든 전원을 켜야 했다. 객석에 있던 정식이 손을 들었다. 정식의 노트북은 샹컨의 것보다 최신 제품이었지만 충전기는 같았다. 그는 충전기를 들고 앞으로 걸어나왔다. 「찰나의 얼굴」, 2채널 영상, 10분. 1층 전시실의 대형 패널에서는 진우의 작품이 상영 중이었다. 전시실을 찾은 사람들은 등받이 없는 긴 의자에 앉아 정식의 얼굴이 미세하게 변하는 모습을 십분에 걸쳐 볼 수 있었다.

샹컨의 강연은 예정 시간보다 조금 늦게 시작했다. 관장은 에드워드 샹컨을 세계적인 석학이라고 소개했다. 가운데 샹컨 교수, 왼편에는 동시통역사, 오른편에는 대담자가 앉았다. 대담자는 수정의 지도교수였다. 샹컨은 열정적이었지만 동시통역사의 순서가 돌아올 때마다 대담자의 얼굴이 일그러졌다.

이건 물리학 얘기가 아니에요. 특별한 경험, 특별한 순간에 대한 얘기죠.

강연을 마치기 전 샹컨은 물리학자 얘기를 들려주었다.

'우리가 탐험하는 세계의 풍경은 정말 매혹적인데 왜 그걸 숨겨두겠어?' 한 물리학자는 일반 사람들도 쉽게 읽을 수 있는 책을 쓰고 싶어했어요. 그런데 시간과 공간이 없는 세계를 어떻게 설명해야 할지, 그게 고민이었던 거죠. 그러던 어느날 차에 시동을 걸면서 책의 구성이 떠오르기 시작했어요. 그날밤 그 물리학자는 이딸리아에서 프랑스로 혼자 운전하는 중이었죠. 국경을 막 넘은 후에 경찰차가 차를 세웠어요. 화를 내면서 딱지를 끊으려고 했죠. 그렇게 속도를 높이다니 미친 게 아니냐고 소리를 질렀어요. 물리학자는 엄청난 속도로 달리고 있었던 거예요. 경찰이 사이렌을 울리며 그 차를 세우지 않았다면 죽었을지도 몰라요. 다른 사람을 죽였을 수도 있죠.

통역을 위해 샹컨은 중간중간 말을 끊었다.

그는 그만의 작은 세계로 진입한 겁니다. 그는 몰입했고 자기 능력의 최대치에 도달한 거예요. 그 순간 불안이나 두려움은 사라지고 희열이 가득하죠. 그런 순간을 경험하는 게 흔한 일은 아니죠. 평생 한번도 경험하지 못할 수도 있어요. 또 뭐가 있을까요? 섹스? 마약? 어쨌든 우리는 행운아죠. 이런 순간을 다른 사람과 나눌 수 있으니까요. 우리는 예술에 많은 기대를 합니다. 자신을 죽이거나 남을 죽이지 않으면서 열정의 순간과 함께하기를 기원합니다.

샹컨은 박수를 받으며 연단에서 내려왔다. 강연 후에는 가까운 호텔의 레스토랑에 갔다. 통역사는 식사만 마치고 금방 자리에서 일어났다. 그녀가 자리를 뜬 후에 사람들은 시끄러워졌다.

차라리 거절했어야죠.

지도교수가 제일 먼저 말했다. 통역사가 제프 쿤스를 모른다는 사실에, 그런데도 단 두시간에 77만원을 받는다는 사실에 지도교수는 분노했다. 수정이 이 통역사를 섭외했다. 비즈니스포럼 경력이 전부였지만 선택의 여지가 없었다. 일을 맡기로 했던 유능한 통역사가 병원 치료를 받아야 한다며 펑크를 냈다. 수정은 지도교수와 다른 테이블에 앉았다. 막 도착한 앨런과 리아는 수정의 테이블로 왔다. 그들은 샹컨 교수의 제자들이었다. 영국에서 활동하는 설치미술작가들로 최근에는 중국인 수집가에게 작품을 팔았다.

총살당하는 자기 얼굴을 본 기분이 어때요?

앨런이 정식에게 물었다. 진우의 작품에서는 십분 동안 총알이 정식의 인중을 뚫고 들어갔다.

정식은 물을 마셨다. 웨이터가 다시 채워준 물도 다 마셨다.

큰 화면으로 보면 어떨지 궁금했어요. 두렵기도 하구요.

정식이 말하는 동안 사람들은 그의 얼굴을, 특히 인중을 쳐다보았다. 정식은 빈 잔을 들었다가 놓았다. 앨런이 자신의 물잔을 내주었다.

그래서 아까 전시실 가기 전에 여기 있다가 갔어요.

여기서 뭘 했어요?

리아가 물었다.

정원에 있었어요. 제정신이 아니었나봐요. 제가 꽃을 밟고 서 있더라구요. 그런데 어디선가 이상한 소리가 들렸어요.

무슨 소리요?

누군가 물었다. 그 테이블 사람들은 모두 정식의 다음 말을 기다렸다.

불이 붙는 소리요. 치이익, 확 타오르는 소리요.

정식이 사람들의 눈을 보고 말했다.

그 순간 내가 두개로 나눠지는 것 같았어요. 안 믿으셔도 돼요. 그냥 제가 그렇게 느꼈다는 거예요.

당신이 들었다면 들은 거죠.

앨런이 말했다.

이 호텔에 정원은 없대요.

잠시 후에 하원이 화장실을 다녀와서 말했다.

정원이 없다니요? 누가 치우기라도 했나요?

리아가 피식 웃으며 물었다. 그녀는 자리에서 일어나 호텔 뒷문으로 향했다. 몇몇이 그녀를 따라 나갔다. 수정과 진우는 남아 있었다.

이 호텔에 정말 정원이 없어요?

리아가 고개를 갸우뚱하는 직원에게 또 한번 물었다.

여기 있네요.

앨런이 외치며 사람들을 불러 모았다. 정원은 없었다. 대신에 액자가 하나 걸려 있었다. 정원이 배경인 그림이었다. 남자가 정원에서 꽃을 밟은 채 담배를 피우고 있었다.

정식씨는 배우가 아니고 작가 타입인데요. 아까 그 직원 표정 봤어요?

다시 자리에 모인 사람들은 깔깔대고 웃었다.

진실을 말하기 위해 거짓말을 해야죠.

리아가 묘한 웃음을 지었다. 옆에서 앨런은 고개를 끄덕였다.

진우형에게 많이 배우려고 해요.

정식은 수정의 소개로 진우의 이번 작업에 참여하게 되었다고 이야기했다.

저 사람 도대체 어디서 튀어나왔어요? 재밌어요. 정말 재밌어요.

하원이 수정에게 불쑥 다가와 귓속말했다. 그녀는 무용수이자 작가였다. 자리가 끝나갈 때쯤 사람들은 정식의 입술이 매력적이라고 생각했다. 앨런과 리아는 조만간 파티를 열 예정이라고 공지했다. 정식을 포함해서 그 자리에 있는 사람들을 모두 초대했다.

도심 외곽에 위치한 펜트하우스로 사람들이 모였다. 샹컨은 미국으로 돌아갔고 지도교수는 가족 행사와 겹쳐서 오지 못했다. 파란 포르쉐에서 하원과 정식이 함께 내렸다. 음식과 술로 가득한 긴 테이블이 손님들을 기다리고 있었다. 첫 내한 공연을 한 영국가수 카린의 뉴스가 먼저 테이블 위에 올랐다. 카린의 남자친구 데이브가 이틀 전 마약 소지로 체포되었다. 도주하다가 사고를 당해 위독한 상태였는데 매니지먼트사는 이 소식을 공연이 끝난 후에야 카린에게 알려줬다. 그때는 이미 데이브가 숨을 거둔 뒤였다. 카린은 매니지먼트사를 고소하겠다고 했다.

둘이 세계를 돌아다니며 노래했잖아요.

수정이 진우에게 샐러드 접시를 건네며 말했다.

데이브와 이별 후 첫 솔로 공연이었어요.

진우는 하원에게 샐러드를 건넸다.

나 영국에 있을 때 콘서트 간 적 있어요. 악수도 했다구요.

접시를 받으며 하원이 얼굴을 찡그렸다.

데이브와요?

네. 눈을 마주치면서 내 손을……

하원은 말을 다 마치지 못하고 고개를 저었다.

둘이 갈라선 후 노래가 더 좋아요.

리아의 말에 다들 동의했다.

이별 후에 음악이 더 좋아지죠.

다른 가수의 경우도 그렇다고, 잔인하지만 그게 사실이라고 사람들은 말했다. 데이브는 예전에도 투어버스로 이동 중에 대마초 소지로 걸린 적이 있다고, 이번에는 뉴칼레도니아행 비행기를 타러 공항으로 가는 중이었다고 누군가 말했다.

뉴칼레도니아로 신혼여행 다녀오지 않았어요?

하원이 수정에게 물었다. 이제야 하원은 샐러드를 먹기 시작했다.

아니요. 아니에요.

수정은 냅킨으로 입술을 문질렀다.

식사를 마치고 와인잔을 기울이기 시작할 때 앨런은 2층에서 작은 상자를 가져왔다. 앨런이 작은 스푼으로 내용물을 떠서 사람들의 앞 접시에 조금씩 덜었다.

이거 정말 좋은 거예요. 최고급이거든요.

리아가 은밀하게 말했다. 사람들은 입자가 고운 하얀 가루를 받아들고 어색한 미소를 띤 채 눈짓만 교환했다. 그때 정식이 흰 가루를 집어 스푼에 얹었다. 한쪽 콧구멍을 막고 다른 쪽 콧구멍으로 들이마시는 시늉을 했다.

오, 맙소사.

앨런이 폭소를 터뜨렸다. 논란이 있었던 앨런의 작품을 떠올리며 모두 웃기 시작했다.

환각파티 순서가 된 줄 알았죠.

하원이 깔깔거리며 웃었다.

구운 버섯에 이 지중해 소금을 살짝 쳐봐요. 몽롱해질걸요. 난 어딜 가도 이걸 들고 다녀요.

앨런은 상자를 내려놓고 오랜 친구처럼 정식의 어깨를 한두번 두드렸다.

모임 이후 앨런과 리아는 정식을 자주 불러냈다. 정식은 SNS에 앨런 부부를 비롯해 작가, 평론가, 미술관 관계자와 찍은 사진을 올렸다. 사진 속의 그는 유쾌하고 사람들과 잘 어울리는 것처럼 보였다. 사람들은 정식 얘기를 많이 했다. 정식 때문에 수정과 진우를 찾기도 했다.

오늘 아침 김선생한테 문자를 받았어요.

상반기 레지던시 전시 오프닝 다음 날, 지도교수가 수정에게 전화를 걸어왔다.

술자리에서 한 얘기가 김선생 본인에게 들어간 거야. 얘기를 옮길 만한 사람이 누구겠어? 그 사람 정체가 뭐야? 자기가 뭐라도 되는 줄 아나보지?

흥분을 감추지 못하며 지도교수는 전화를 끊었다.

그 주에 수정과 진우는 다른 작가와 비평가의 전화도 몇통 받았다. 진우는 한쪽 말만 들어서는 알 수 없다고 했지만, 수정의 생각은 달랐다.

앨런의 세번째 파티에서 수정은 정식과 얘기할 기회가 있었다. 식사 후에 테라스로 나와 와인을 마실 때였다. 주위가 노을빛으로 물들어가고 있었다.

여긴 소문이 무성한 곳이에요.

옆에 선 정식에게 수정이 속삭이듯 말했다.

이 바닥에서 뭔가를 할 생각이라면 주의할 필요가 있어요. 그게 정식씨 자신을 위해 좋을 거예요.

네, 맞아요. 그런 것 같아요. 사람들은 말을 함부로 해요.

다 알아들었다는 듯 정식은 수정을 향해 몸을 돌리며 고개를 끄덕였다.

요즘 어때요? 잘 지내는 거예요?

수정도 그를 마주 보며 명랑한 얼굴로 물었다.

형 작품을 좋아하는 사람들도 많이 만났어요. 좋은 사람, 좋은 작품일수록 흠집을 내지 못해 안달이죠. 전 진우형 작품이 정말 좋아요.

정식은 느릿한 말투로 차분히 말했다. 몇걸음 떨어진 나무 아래에서 진우는 소리 내 웃으며 앨런과 얘기를 나누고 있었다.

사람들이 누나 얘기도 해요. 누나도 예전에는 작업했었다면서요?

수정은 정식을 바라봤다. 그녀는 혼란스러웠다. 그의 얼굴에서 악의를 찾지 못했다. 순수하고도 진지한 얼굴이라고 그녀는 생각했다.

사진 봤어요. 거실 책장에 꽂힌 책을 집어들었는데 사진 한장이 떨어졌어요. 뉴칼레도니아로 신혼여행을 다녀온 걸 사람들에게 알리고 싶지 않은 이유가 있겠죠? 거짓말을 해야 할 때가 있어요. 거기에는 그럴 만한 이유가 있구요.

정식은 여전히 담담한 얼굴로 말했다. 수정은 말문이 막혔다. 튤립 모양의 잔을 만지작거리기만 했다. 수정은 촬영이 끝난 날 그를 집으로 데려가 함께 식사한 것을 후회했다. 그날, 식사가 다 차려지기 전에 진우는 주방에 있고 수정은 욕실에 있었다. 그동안 정식은 혼자 거실에서 서성였다. 손바닥만한 폴라로이드 사진에서는 흰 베일을 두른 수정과 흰 셔츠를 입은 진우가 눈부시게 푸른 바다를 배경으로 알록달록한 플래카드를 들고 있었다. 거기에 뉴칼레도니아라고 적혀 있었다. 정식은 사진을 원래 자리에 꽂아두었다.

수정은 턱을 살짝 들어올려 뜰에 밝혀진 조명을 바라봤다.

제 흉터는 사고였어요. 제대 후에 교통사고가 크게 났어요. 입천장까지 갈라진 채로 태어난 게 아니구요. 술자리에서 사람들이 묻더라구요. 어릴 때 놀림을 많이 받지 않았느냐구요. 제가 뭐라고 했을 것 같아요? 그렇다고 했죠. 어릴 때부터 수술을 여러번 받았다구요. 그렇게 말해야 할 것 같았어요. 사람들이 듣고 싶은 얘기를 해야 할 것 같았어요.

정식이 말을 마쳤을 때 주변에는 아무도 없었다. 그녀와 정식 둘뿐이었다. 진우와 앨런, 리아도 보이지 않았다. 해는 등선 너머로 완전히 사라지고 곳곳을 밝히는 불빛은 더 선명해졌다.

찾았잖아요.

하원이 그들에게 다가왔다. 그녀는 앨런이 모두를 불러 모으고 있다고 전했다. 세 사람은 함께 펜트하우스 안으로 향했다.

재밌는 구경이 될 거예요.

정식이 수정과 하원을 보며 빙긋이 웃었다.

앨런은 테이블 위에 몇가지 물건을 늘어놓고 소개하는 중이었다. 앨런 부부는 한국의 물건들을 수집했다. 그들은 한국의 영화나 가요뿐 아니라 미신이나 무당에게도 관심이 많았다.

한국 사람들은 대부분 귀신을 믿나요?

앨런이 부적을 손에 들고 물었다.

이걸 다 어디서 구한 거예요?

하원이 앨런을 놀리듯 물었다.

다 믿진 않죠. 사람에 따라 다르죠.

앨런의 질문에 진우가 대답했다.

이 인형을 어렵게 구했어요.

앨런은 볏짚인형을 집어들면서 자랑했다.

복수하고 싶은 사람이라도 있는 거예요?

진우가 어색하게 웃었다.

리아는 식사준비보다 더 힘들었다며 작은 방으로 사람들을 불러들였다.

부담스럽게 생각하진 마세요. 원치 않으면 밖에서 쉬어도 좋아요.

병풍이 세워진 방 안에 좌식 책상과 옛스런 방석이 놓여 있었다. 앨런 부부는 귀신을 불러내는 의식을 시연해보자고 했다.

분신사바를 말하는 거예요? 그건 일본이 원조예요.

하원이 장난스럽게 웃었다.

한번 해보죠.

정식과 리아가 펜 하나를 잡고 마주 앉았다. 그들은 함께 종이에 적힌 주술을 외웠다.

자, 이제 질문을 시작해요.

긴장한 앨런이 독촉했다.

오셨습니까?

정식이 허공에 대고 말했다. 몇분 동안 사람들의 숨소리, 키득거리는 소리가 들렸다.

웃지 말아요. 제대로 해보고 싶어요.

리아가 딱딱한 목소리로 말했다.

우리 곁에 있나요? 그렇다면 동그라미를 그려주세요.

정식이 다시 물었다. 이번에는 펜이 조금씩 움직였다. 펜은 흰 도화지에 선을 그리기 시작했다. 천천히 일그러진 동그라미를 완성했다.

으스스한데요. 장난치지 말아요.

하원이 피식 웃었다.

난 가만히 있었어요.

어깨를 잔뜩 움츠린 리아가 말했다.

자, 질문을 해보세요. 뭘 물어봐야 하죠?

우리 중에 아는 사람이 있나요?

정식이 허공에 질문을 던졌다. 끄적이듯 움직이던 펜은 알아볼 수 없는 흔적만 남겼다.

번호를 붙여요. 1번부터 6번까지요.

누군가 아이디어를 냈다. 펜은 3번을 그렸다. 하원이 3번이었다.

당신은 여자인가요?

펜은 움직이지 않았다.

남자군요. 옛 인연을 찾아서 멀리서 온 건가요?

펜이 천천히 움직여 동그라미를 완성하는 동안 하원의 얼굴이 조금씩 굳어갔다.

당신은 고통스럽게 죽었나요?

정식과 리아가 맞잡은 펜이 다시 움직이기 시작했다. 느릿느릿

동그라미를 완성해갈 때 하원이 펜을 낚아챘다.

충분해요. 이 정도면 됐어요.

하원은 방을 나가버렸다. 리아는 하원을 걱정했고 앨런은 중단된 걸 아쉬워했다. 정식은 갑자기 손을 부르르 떨더니 앨런의 어깨를 치며 귀신의 이름을 알아냈다고 했다.

데이브예요.

정식이 외쳤다. 앨런과 정식은 사이좋은 형제처럼 웃었다.

다음 날 하원이 수정에게 전화를 걸어왔다.

그날 같이 차 타고 가면서 얘기했거든요. 세상을 떠난 전 남자친구 얘기를요. 정식씨가 그런 식으로 나올 줄 몰랐어요.

정식씨가 염두에 둔 건 데이브였어요. 데이브와 악수한 걸 기억하고 있던 거예요.

수정은 정식의 편에서 상황을 설명해야 했다.

글쎄요. 그 사람이 얼마나 말을 쉽게 바꾸는지 수정씨도 알잖아요. 교통사고로 인중에 상처가 생겼다고 했다가 다음 날에는 구순구개열 때문에 어릴 때부터 놀림을 받았다고 해요. 커피랑 술을 안 마시는 이유가 다이어트 때문이라고 했다가 심장 수술 이후로 못 먹는다고도 하죠. 아, 물론 상관없어요. 알고 싶지 않아요. 처음엔 재밌었어요. 그런데 이젠 아니에요. 충분해요.

인테리어가 바뀌었네요.

수정과 진우는 자리에 앉았다. 바닥에 의자 끌리는 소리가 요란하게 났다. 높은 천장에서 테이블 중앙으로 조명이 길게 내려와 있었다. 유리병 속에 든 알전구가 적당한 조도로 테이블 위를 밝혔다. 공중에 유리병 여러개가 떠 있는 것 같았다. 사다리꼴 모양의 창으로는 건너편 공연장과 거리가 보였다.

리모델링을 했거든요.

진우는 웨이터가 건네는 메뉴판을 받았다. 그들은 정식을 기다리고 있었다.

정식씨는 손바닥 뒤집듯이 말을 바꾸고 사람들 말을 옮기고 있어.

그래서 뭐라고 할 건데? 선생님처럼 혼을 낼 거야?

수정은 정식에게 충고해야 한다고 했고 진우는 그럴 필요 없다고 했다. 어린애 다루듯 이래라저래라 해서는 안된다고 했다. 다른 사람에 대해 말하는 것에 진우는 더 민감해졌다. 진우가 이 자리에 온 이유는 촬영 이후 생활이 어떤지 그에게 직접 듣고 싶어서였다.

피해를 주고 있잖아. 우리한테도 피해를 주고 있지.

없는 얘기를 만들어낸 것도 아닌걸. 없는 얘기라면 결국 사라지고 말 거야.

진우는 지쳐 있었다. 표절 시비에 휘말린 탓이었다. 그의 작품에 대한 이야기로 며칠간 SNS가 시끄러웠다. 한 평론가가 트위터에 남긴 글이 퍼져나갔다. 그는 진우가 남미 어느 작가의 작품을 표절했다고 주장했다. 이후로 진우는 공격을 받고 있었다. 그 문제에 대해서 수정과 진우는 전혀 얘기하지 않았다. 진우가 원치 않았다.

정식씨는 당신을 존경한다고 했어. '신세계' 시리즈도 찾아봤대.

수정이 입을 열었다. 그 작품을 끝내고 나서 한동안 진우는 긴 터널 속에서 출구를 찾지 못하는 사람처럼 굴었다. 「찰나의 얼굴」은 새로운 시리즈의 첫 작품이었다. 정식이 그에게 말했었다. 저 같은 사람을 이용하는 것도 나쁘진 않죠. 형의 작품이라면 얼마든지요.

표절 시비에 휘말린 건…… 그 평론가가 억지를 부린 거라고, 사람들도 그렇게 말한대.

수정은 정식에게 들은 이야기를 전했다. '신세계' 시리즈를 두고 자기 세계에 빠진 작품이라는 평이 많다는 말은 전하지 않았다. 이번 작품으로 이 정도의 반응을 끌어내지 못했다면 위험했다고, 다시는 기회가 오지 않을 뻔했다는 얘기도 하지 않았다.

유리병 속의 알전구들이 깜빡였다. 그들의 머리 위 조명뿐 아니라 레스토랑 전체의 등이 깜빡여 사람들이 술렁거렸다. 웨이터들도 당황했다. 웨이터들은 테이블마다 돌며 배선 문제가 있지만 곧 복구될 것이니 안심하라고 했다.

나에 대해서 하는 얘기도 들었어. 다신 작업 못할 거라고.

수정은 다음 대사를 잊은 배우처럼 눈을 가늘게 떴다.

누가 그런 말을 해? 누구야?

진우가 화를 냈다.

사람들. 나를 아는 사람들. 내가 아는 사람들.

그녀는 눈물을 참고 있었다. 수정은 몇년 동안 박사논문을 준비하며 미술관으로 출근했다. 다시 시작할 수 있을까? 자신을 걸고 새로 시작할 수 있을까? 그런 일은 일어나지 않을 것 같았다. 그걸 인정해야 한다고 그녀는 생각했다. 유리병 속의 전구가 깜빡일 때마다 수정과 진우의 표정이 달라졌다. 조명이 제대로 돌아올 때까지 그들은 시무룩했다. 진우는 수정의 목덜미를 쓰다듬었다. 수정은 고개를 뒤로 젖혔다. 웨이터가 다시 왔을 때 진우는 음식을 주문했다. 수정과 진우는 식사를 시작했다. 그날 정식은 나타나지 않았다. 이후로도 볼 수 없었다. 한 갤러리에서 그를 고소했다는 소문만 들렸다.

두 계절이 바뀐 후에 수정과 진우는 그 레스토랑을 다시 찾았다. 그들은 팔짱을 끼우고 공연장에서 나와 레스토랑으로 들어갔다. 거기서 현구를 우연히 만났다. 현구의 맞은편에는 생기발랄한 여자가 앉아 있었다. 수정은 효진의 안부는 묻지 않았다. 정식의 안부만 물었다. 현구는 정식의 소식을 전혀 몰랐다. 수정보다도 그에 대해 아는 것이 없었다.

그때 중고 거래 때문에 잠깐 만났을 뿐인걸요. 해변 근처에서 직거래를 했죠.

중고 거래요? 뭘 샀어요?

목공 도구요. 취미로 해볼까 했는데, 쉽지 않더라구요.

현구는 결혼 소식을 전하며 여자를 소개했다.

축하해요.

수정은 인사를 건넸다. 그녀는 씁쓸한 미소를 지었다. 사람들 사이에서 정식은 잊혀졌다. 이제 그를 찾는 전화도 걸려오지 않았다.

매력적이라고 생각했던 그의 흉터는 거짓말쟁이의 상징이 되었다.

현구의 테이블 위에는 기름진 음식과 맥주가 놓여 있었다. 맞은편의 예비 신부가 충분히 기다렸다는 듯 손에 들고 있던 여행안내 책자를 맥주잔 옆에 내려놓았다. 표지에는 푸른 해변의 풍경이 실려 있었다. 수정은 한발 뒤로 물러났다. 축하한다는 말을 다시 한번 전하며 현구의 테이블에서 돌아섰다.

수정과 진우는 천국에 가까운 섬이라고 불리는 곳으로 신혼여행을 다녀왔다. 물이 깨끗하고 투명해서 바닷속이 훤히 비쳤다. 셋째 날 저녁 그들은 야외 테이블에 자리를 잡았다. 석양이 지고 있었다. 수정과 진우는 칵테일을 마셨다. 커플로 보이는 남녀가 그들에게 인사했다. 하이. 그 커플은 눈에 띌 만큼 우아하고 매력적이었다. 뉴욕에서 갤러리를 운영하는 부부는 칵테일을 한잔 사주고 싶다고 했다. 맥주를 소다수와 섞은 노란 빛깔의 칵테일로 도수가 약한 것이었다. 그 한잔으로 다음의 일들이 자연스러웠다. 함께 넓은 방으로 올라가 신음을 뱉어내는 서로의 얼굴을 보았다. 고개가 뒤로 젖혀지고 방 안은 열기로 가득 찼다. 원하던 것이 순식간에 이루어지는 기분이었다. 꽉 차올라 터져버리는 느낌이었다. 여행에서 돌아온 후 몇주 동안 수정은 밤마다 깨어났다. 옆으로 누운 진우는 몸을 웅크리고 반쯤 입을 벌린 채 잠들어 있었다. 갑자기 그는 다리를 떨었다. 인상을 잔뜩 찌푸린 채 다리를 휘젓다가 눈을 떴다. 우리가 무슨 짓을 한 거지? 내가 기억하는 게 맞아? 꿈이 아니고 진짜가 맞는 거야? 그들은 기억을 더듬어 대화를 나누었다. 누군가는 그들을 봤을 수도 있다. 그들의 거의 전부를. 카메라로 찍혔을지도 모른다고, 어딘가에 그 영상이 돌고 있다고 생각하면 가슴이 뛰었다. 한동안은 서로를 끔찍하다고 생각했다. 길을 걷다가 쇼윈도에 비친 둘의 모습, 팔짱을 낀 자신과 그 혹은 그녀의 모습을. 그러지 않을 수가 없었다. 그들은 다가오는 난관들을 잘 극복해내고 싶었다. 하지만 그 일에 대해서는 이견을 좁힐 수 없었다. 수정은 우리 안의 무언가가 그런 일을 만들어냈다고 했고 진우는 우연일 뿐이라고 했다. 자신들과 무관한 일이라고 말했다. 그들은 여전히 그렇게 생각했다. 생각은 쉽게 바뀌는 게 아니었다.

수정은 테이블 몇개를 지나 창가로 갔다. 창밖으로 보이는 가로등 아래 사람들이 싸우는 것 같았다. 소리를 지르고 악을 쓰는 것 같았다. 그녀는 자신의 테이블을 돌아보았다. 진우가 그녀를 기다리고 있었다. 그녀는 그를 향해 미소 지었다. 수정은 천천히 발걸음을 옮겼다. 바깥의 소음들은 음악 소리와 말소리, 접시와 포크가 부딪치는 소리에 묻혔다. 레스토랑 안에 있는 것들은 모두 반짝이는 것 같았다.

덤벨과 위스키

넓은 홀에는 두 사람뿐이었다. 한명은 러닝머신 위를 달리고 다른 한명은 TV를 보고 있었다. 스피커에서는 빠르고 경쾌한 아이돌 댄스곡이 흘러나왔다. 현관 입구로 현성이 들어섰다. 그는 들고 있던 바구니를 카운터 옆에 내려놓고 커피 자판기에 동전을 넉넉히 넣었다. 카운터 가까이에는 TV와 자판기, 운동복이 놓인 선반이 비치되어 있었다.

오늘은 커피 맛이 좀 연한데.

연하긴. 난 좀 쓴데.

러닝머신 위를 달리던 박과장과 TV를 보던 주사장이 현성을 보며 말했다. 카운터 근처에 모인 세 사람은 뜨거운 커피가 담긴 종이컵을 하나씩 손에 들고 있었다.

쓴 게 몸에 좋은 거야.

커피는 달아야 제맛이지. 쓴 커피는 못 먹겠어. 근데 관장, 머리가 너무 짧은 거 아니야?

박과장은 현성에게서 눈을 떼지 못했다. 박과장은 다른 날과 마찬가지로 오늘도 늦은 오후에 헬스장에 도착했다. 그때 현성의 머리카락은 목뒤까지 덥수룩하게 내려와 있었는데 지금은 손에 잡히지 않을 만큼 짧았다.

시원하고 좋은데 뭘 그래.

그래서 하는 말이야. 샴푸할 필요도 없겠어.

현성은 카운터 옆에 놓인 바구니를 끌어와 선반 앞에 섰다. 바구니 안에는 수건과 바지, 헬스장 상호가 등에 박힌 티셔츠가 뒤엉킨 채 바짝 말라 있었다. 현성은 수건을 한장씩 펼쳐 선반에 올려두었다. 그 옆에서 주사장은 전화를 받았다.

누군데 그래?

짜증 섞인 목소리로 주사장이 짧은 통화를 마치자 박과장이 물었다.

제작부라나 뭐라나. 우리 집 옥상에서 영화를 찍고 싶대.

옥상에서 영화를?

박과장이 의아한 표정으로 물었고 주사장은 고개를 끄덕였다.

이주 전 제작부라며 찾아온 남자 두명이 주사장 집 옥상에 올라가 사진을 몇장 찍어 갔다. 언덕 초입에 위치한 옥상에 올라서면 양쪽으로 촘촘히 붙어 있는 집 여러채와 그사이의 좁고 가파른 계단이 한눈에 들어왔다. 사진을 본 감독은 영화의 마지막 장면을 그 옥상에서 찍고 싶어했다.

싫다는데도 자꾸 전화를 해.

제작부가 촬영을 하고 싶다며 다시 찾아왔지만 주사장은 거절했다.

김부장, 오늘 출근이 빨랐구먼.

박과장이 탈의실에서 나오는 김부장에게 인사했다. 김부장도 커피를 한잔 뽑아 박과장 옆에 섰다.

주사장 집에서 영화를 찍는대.

박과장이 김부장에게 전했다.

그럼 주사장네 집이 영화에 나오는 거야? 무슨 내용인데?

김부장이 물었다. 운동을 다 끝내고 샤워까지 마친 그는 스킨 냄새를 풍겼다.

우리 집이 아니라 집 앞의 계단을 찍겠다는 거야. 범죄스릴러라나 뭐라나.

주사장이 귀찮은 듯 바로잡았다.

관장은 무슨 영화 좋아해?

김부장이 물었지만 수건을 손에 든 현성은 말이 없었다. 그는 현관 입구를 보고 있었다. 조금 전에 김부장이 이발소에 다녀왔느냐고 물었을 때도 현성은 대답이 없었다. 현성을 물끄러미 보던 회원들은 커피를 마시며 영화에 대해 이야기했다.

난 서부영화가 좋아. 존 웨인.

박과장이 말했다. 한때 영화배우를 꿈꿨던 그는 머리카락은 희끗희끗했지만, 몸은 나이에 비해 탄탄하고 다부졌다.

존 웨인? 그 양반 영화 좋지.

김부장은 얼마 남지 않은 앞머리를 쓸어 넘겼다. 옆에 선 주사장은 서부영화의 한 장면을 떠올렸다. 석양을 배경으로 말을 탄 남자, 카우보이모자를 쓰고 총을 멘 남자들이 잠깐 나타났다가 사라졌다. 이들은 현성이 운영하기 훨씬 전부터 이 헬스장에 다녔다. 매일 나와서 신문이나 TV를 보다가 운동을 했다. 샤워를 한 후에는 커피를 마시고 다시 가게로 돌아갔다. 헬스장 근처 시장에서 박과장은 과일을 팔았고 김부장은 맞은편 가게에서 건어물을 팔았다. 주사장은 다음 골목에서 전단과 명함을 만들었다.

그래서 배우 구경 좀 하는 거야?

회원들은 다시 영화 촬영 이야기를 주고받았다.

돈을 얼마나 준대?

돈?

조용히 커피를 마시던 주사장이 눈을 올려 떴다.

그런 얘긴 없던데.

공짜로 집을 내달라진 않겠지.

김부장이 박과장을 거들었다.

그렇지. 좀 챙겨주겠지.

박과장의 말에 주사장이 고개를 끄덕였다.

계속 버티면 돈을 주겠다고 하겠지.

주사장의 말을 끝으로 대화는 잠시 끊겼다. 그때 누군가 헬스장 입구로 들어섰다. 젊은 남자 두명이었다.

반팔을 입은 남자는 바지 주머니에 양손을 넣은 채 쭈뼛거렸고 다른 남자는 벙거지를 쓰고 홑겹의 야상점퍼를 입었다. 그들은 찜질방을 보여달라고 했다. 헬스장 입구에는 찜질방 완비라고 적힌 알림판이 붙어 있었다. 현성은 신발장에서 손님용 슬리퍼를 꺼내며 찜질방은 한겨울에만 운영한다고 알려주었다. 벙거지는 그냥 가자고 했지만 반팔은 슬리퍼를 신고 홀로 들어섰다. 그는 벨트 마사지기와 운동기구 사이를 거닐었다. 일렬로 늘어선 여덟대의 러닝머신을 지나 정리대 앞에 섰다. 정리대 층마다 케틀벨과 덤벨이 중량별로 가지런히 놓여 있었다. 뒤쪽 벽면은 전부 거울이었다. 거울에 비친 벙거지는 따분하고 지루해 보였다. 거울의 금이 간 부분에는 은색 테이프가 붙어 있고 바닥에 깔린 초록색 충격완충 매트에는 흠집이 많았다. 현성은 벤치프레스 옆에 서 있었다. 거울을 보던 반팔은 목을 길게 뺐다. 무언가 그의 눈길을 끌었다. 중간 기둥 위에 액자가 하나 걸려 있었다.

이거 아저씨예요?

현성을 돌아보며 반팔이 물었다. 사진 속에는 양팔을 위로 들어올린 젊은 남자가 자주색 삼각팬티만 입은 채 활짝 웃고 있었다. 종잇장처럼 얇은 피부가 복근의 잘게 쪼개진 근육을 고스란히 드러냈다. 허벅지는 말의 뒷다리 같았다. 구릿빛의 단단한 피부는 도금했거나 방탄 가공을 한 것처럼 칼에도 베이지 않을 것 같았다.

운동하면 진짜 저렇게 돼요?

반팔은 덤벨 두개를 집어들었다. 양손에 하나씩 들고 팔꿈치를 구부려 가슴 앞까지 들어올렸다.

고등학생은 얼마예요? 가족 할인도 돼요?

반팔 옆에서 벙거지가 키득거렸다. 반팔은 들고 있던 덤벨을 벙거지에게 넘겼다.

제가 형이에요.

양손에 덤벨을 든 벙거지가 말했다. 이번에는 반팔이 키득거렸다.

사만원에 돼요? 둘이 하면 팔만원이요.

반팔은 현금이나 카드를 꺼낼 듯이 주머니에 한 손을 넣었다. 벙거지가 반팔의 어깨를 툭 쳤다. 그리고 덤벨을 공중에 던졌다. 하나는 반팔의 손에 넘겨졌고 나머지 하나는 바닥으로 떨어졌다. 떨어진 은색 덤벨은 반바퀴를 굴러 현성의 발아래 멈췄다. 벙거지는 주저앉은 반팔을 보며 형, 하고 외쳤다. 반팔은 한쪽 발등을 잡고 옆으로 누워 신음했다. 벙거지가 그의 어깨를 잡고 흔들어도 꼼짝하지 않았다. 형, 하고 벙거지가 다시 외치자 반팔이 다리 사이로 파묻었던 고개를 들어올렸다. 그는 웃고 있었다. 벙거지가 분한 듯 욕을 내뱉으며 반팔의 엉덩이를 걷어찼다. 아무 일도 없었다는 듯 벌떡 일어난 반팔은 러닝머신 위로 뛰어올랐다. 반대편으로 달아나던 반팔이 운동기구에 걸려 넘어지는 모습에 벙거지가 폭소를 터뜨렸다. 그들은 한동안 배를 잡고 웃었다. 웃음이 잦아질 때쯤에는 급히 갈 곳이 있는 것처럼 서둘렀다.

이따 올게요. 저녁에요.

벙거지가 먼저 나가고 반팔이 뒤따랐다. 그들은 헬스장 밖으로 사라졌다.

저런 애들은 안 받는 게 나아. 분위기를 흐린다고. 안 그래 관장?

그들이 나간 후 박과장은 신문을 덮으며 성을 냈다. 그는 반팔이 정말 다친 줄 알고 놀랐다. 달려가보려고 했었다. 현성은 반팔이 던져놓은 덤벨을 정리대 위에 올려두었다.

그 애들은 학생도 아니고 형제도 아닐걸.

주사장이 말했다.

저녁에 다시 온다잖아. 혹시 누가 알아.

김부장이 씁쓸히 웃었다.

오기는 뭘 와. 건너편으로 가지 여길 왜 오겠어.

선반 위에서 운동복 한벌을 집어들며 주사장이 코웃음 쳤다. 김부장은 헛기침을 한번 크게 하고 박과장은 종이컵을 구겨서 쓰레기통에 버렸다. 주사장은 두루마리 휴지를 끊어 코를 풀었다. 현성은 운동복을 사이즈별로 정리하기 시작했다. 네 사람은 주사장의 말에 동의하지 않을 수 없었다. 그들 모두 비슷한 생각을 했다. 몇년째 재개발 구역으로 묶여 있다가 올해 초에 완공된 아파트 단지 상가에는 각종 편의시설이 들어섰는데 대형마트와 식당, 까페뿐 아니라 피트니스 센터도 있었다. 그 피트니스 센터는 저렴한 회비로 더 깨끗하고 좋은 시설을 제공했다.

오사장도 가게를 내놓았다던데.

그 인간 얘기는 꺼내지도 마.

박과장은 발끈하는 주사장의 태도에 주눅이 들었다. 하지만 그는 주사장에게 다가갔다. 스피커에서 흘러나오던 노래 한곡이 끝나고 다음 곡이 시작되기 전이라 조용했다.

김씨 말이야. 어떻게 될 것 같아?

그걸 왜 나한테 물어?

주사장은 짜증을 냈다.

김씨가 그쪽 조합원장이랑 붙어 다니지 않았나. 뭘 좀 받아먹었겠지.

그런 말은 도대체 누가 떠벌리고 다니는 거야.

주사장은 모두 들으라는 듯 목소리를 높였다. 박과장과 김부장은 조용히 시선을 교환했다. 김부장은 살짝 고개를 가로저었지만, 박과장은 입을 뗐다.

자네도 김씨랑 가까운 사이 아니었나?

주사장은 운동복을 든 채 몸을 틀어 박과장을 노려봤다. 박과장은 김부장에게 시선을 던졌고 김부장은 두 사람을 번갈아 봤다.

며칠 전 술자리에서 김부장은 오사장에게 들은 얘기를 박과장에게 전했다. 자금 횡령으로 수감 중인 조합원장과 함께 다니던 김씨도 경찰 조사를 받았다는 소식이었다. 시장 사람들 사이에서는 경찰서에서 나오는 주사장을 봤다는 얘기도 떠돌았다.

그쪽 현수막이니 전단지니 자네 가게에서 죄다 찍지 않았어. 그건 누구나 알지. 안 그래?

박과장의 말에 주사장 얼굴이 시뻘게졌다. 주사장은 곧 박과장에게 달려들 기세였다. 질 수 없다는 듯 박과장이 허리춤에 손을 올리며 주사장을 향해 한발 다가섰다. 그들 사이로 김부장이 끼어들었다. 잠깐의 정적이 흐른 후 현관을 향해 선 박과장이 먼저 경계를 풀었다. 그가 주사장 어깨 너머로 시선을 옮기자 김부장과 주사장도 고개를 돌렸다. 현관에 선 남녀가 현성을 찾았다.

현성이 송실장과 유사장에게 헬스장 내부를 소개하는 동안 회원들은 운동을 하거나 신문을 보거나 샤워를 했다. 러닝머신 위로 올라간 박과장은 속도를 높여 다시 뛰기 시작했고 주사장은 운동할 기분이 아니라며 탈의실로 들어갔다. 손에 들고 있던 운동복은 선반에 도로 올려두었다. 김부장은 주사장이 틀어놓은 TV를 끄고 신문을 넘겼다.

현성은 송실장과 유사장을 건너편 상가 건물로 데려갔다. 얼마 전에 새로 오픈한 웨스턴 바에서는 고소하면서도 달콤한 냄새가 났다. 조명은 아늑하고 흘러나오는 음악은 실크처럼 부드러웠다. 현성은 테이블을 잡아 술과 안주를 시켰다. 현성의 사정을 아는 선배가 송실장을 소개해주었다. 송실장은 사업 수완이 좋기로 정평이 난 사람이었다. 유사장을 소개하면서 송실장은 이런 시기에 매물에 돈을 아끼지 않는 사람을 만난 건 큰 행운이라고 했다.

예전엔 저도 시장에서 장사했어요. 그릇을 팔았죠. 백화점에도 납품하다가 나중에는 공장을 샀어요.

유사장은 오십대 초반의 여자로 짙은 화장을 했다. 폐업 직전의 가게를 싸게 넘겨받아 권리금으로 돈을 버는 사람들에 대해서는 현성도 들은 바가 있었다.

이 친구, 헬스하기 전에는 유도선수였대. 뼈대가 달라.

송실장은 현성의 팔뚝을 한번 꽉 잡았다가 어깨에 손을 얹고 지그시 눌렀다.

한번 만져봐도 돼요?

유사장도 손을 뻗어 현성의 팔뚝을 꾹 누르듯이 만졌다. 그녀는 킥킥거리더니 송실장에게 끈끈한 눈빛을 보냈다. 송실장은 안주를 집을 때마다 유사장의 무릎에 손을 얹었다. 세 사람은 이유 없이 웃고 잔을 몇번 부딪쳤다.

와이프는 잘 있나?

송실장이 물었다. 현성의 아내를 잘 안다는 듯한 말투였다. 현성은 껄껄 웃는 송실장과 눈을 마주쳤다. 송실장도 그의 눈을 피하지 않았다. 그는 현성의 짧아진 머리를, 쌍꺼풀 없는 눈과 잘생긴 코를 찬찬히 훑었다. 그때까지 현성은 술을 한모금도 입에 대지 않았다. 송실장은 그가 건배만 하고 잔을 내려놓는 걸 지켜봤다. 지난번 서부장을 데리고 헬스장을 찾았을 때 현성은 간단한 대화조차 나눌 수 없을 정도로 취해 있었다. 벽을 짚고 일어서다가 주저앉고 눈도 제대로 뜨지 못했다. 세탁장에서 혼자 걸어나오다가 몇번을 넘어졌다.

생각보다 좋던데요.

유사장은 잔을 들어올리며 야릇한 미소를 지어 보였다. 유사장과 송실장은 귓속말을 주고받았다. 현성은 유사장의 향수 냄새를 맡으며 헬스장이 술집이나 식당 혹은 당구장으로 개업하는 상상을 했다. 칠년 전의 헬스장은 지금 크기의 반만 했다. 현성이 헬스장 옆 피씨방의 벽을 허물어 홀을 넓히고 찜질방과 사우나를 마련하고 기구를 사들였다. 아내와 함께 간판 색과 디자인을 고르고 탈의실을 꾸미고 알림판을 만들었다. 올여름에 헬스장을 내놓았지만, 관심을 보이는 사람이 없어 부동산에서는 매매가를 더 낮춰야 한다고 했다. 육개월 등록 할인 이벤트로 모집한 회원들은 여름이 되기도 전에 빠져나갔다. 유사장과의 대화는 선배에게 전해 들은 금액에 맞춰 계약하는 쪽으로 흘러갔다. 그러다가 대화는 뚝 끊겼다. 벨소리가 울리는 휴대폰을 본 유사장의 얼굴이 어두워졌다.

불쌍한 여자야.

유사장이 전화를 받으러 나간 후에 송실장이 말했다.

젊어서는 시장에서 살았고 이제는 병원에서 먹고 자지.

웃음기 사라진 송실장의 얼굴은 훨씬 나이 들어 보였다.

딸이 아파. 스치기만 해도 아픈 희한한 병인데 치료 방법도 없어.

그는 앞에 놓인 잔을 밀어내고 외투를 입었다.

통화를 마치고 자리로 돌아온 유사장은 위스키 한모금으로 목을 축였다. 잔을 내려놓은 후에는 송실장을 향해 고개를 돌렸다.

다시 시작되었어요.

유사장이 잠긴 목소리로 말했다. 송실장은 고개를 한번 끄덕이고는 계약서를 꺼내 그녀 앞으로 내밀었다.

서두르자구.

송실장은 펜을 꺼내 유사장의 손에 쥐여주었다. 그리고 어딘가로 전화를 했다.

우리 딸.

유사장의 손에 들려 있던 펜이 떨어졌다. 그녀는 전국 각지에서 사람이 몰려오는 통증의학병원에 딸을 입원시켰다. 새로 시작한 신경치료에 효과가 있는 줄 알았는데 아니었다. 딸은 다시 통증을 호소해왔다. 멍하니 앉아 있던 유사장은 송실장 쪽으로 돌아앉더니 낚아채듯 그의 손목을 잡았다. 테이블 위 조명과 가까워진 유사장의 얼굴은 환했다. 살짝 미소를 짓는 것 같기도 하고 화가 난 것처럼 보이기도 했다.

더 좋은 병원을 알아봐. 여보.

유사장이 갈라지는 목소리로 말했다. 한번 더 고개를 끄덕이는 송실장 얼굴의 굵은 주름이 눈가에서 광대까지 깊게 파였다. 그의 손에 들린 휴대폰이 울리기 전까지 그들은 얼어붙은 듯 앉아 있었다.

곧 나갑니다.

그들을 병원에 데려다줄 대리기사가 주차장에서 기다리고 있었다. 두 사람은 나갈 채비를 했다. 유사장이 자리에서 일어설 때 계약서가 바닥으로 떨어졌다. 송실장이 계약서를 줍고 유사장은 다시 펜을 쥐었다.

현성의 테이블 위에는 위스키 석잔이 놓여 있었다. 홀로 남은 현성은 그중 하나를 들어올렸다. 한쪽으로 기울이자 유리잔 벽에 투명한 무늬가 생겼다. 조금 더 들어올리자 바의 내부가 노란 빛깔 너머로 보였다. 옆 테이블에는 두 남자가 파인애플을 곁들인 베이컨과 함께 이십년산 위스키를 마셨다. 질 좋은 재킷과 유행 타지 않는 넥타이가 잘 어울렸다. 그들은 부하직원과 해외 거래처에 대해 이야기하다가 해외 출장의 고단함을 토로했다. 미국 서부 출장 중 인디언 체험 마을에 들렀던 이야기도 했다. 왁스를 발라 흐트러진 머리카락 한올 없이 깔끔히 머리 모양을 정리한 남자가 대화를 이끌었다. 언젠가부터 그 남자가 현성을 빤히 쳐다보았다. 남자가 고갯짓으로 현성의 휴대폰을 가리켰다. 테이블 위 현성의 휴대폰이 울리고 있었다. 헬스장 건물 경비실에서 걸려온 전화였다. 홀이 비었으니 차단기를 내리고 현관문을 잠가도 되겠냐고 묻는 전화였다. 아내의 전화일지도 모른다고 생각했는데 역시 아니었다. 아내는 이 시간에 전화를 걸 수도 받을 수도 없었다. 그녀는 하루 종일 빵을 굽거나 커피를 내렸다. 오전에는 제과제빵 학원에 다니고 저녁에는 친구의 가게에서 아르바이트를 했다. 집에는 아무도 없었다. 콧등에 여드름이 나기 시작한 아들은 아내가 학원에 등록한 이후로 외할머니 집에서 지냈다. 아들은 현성의 머리를 보면 깜짝 놀랄 것이다. 머리카락을 이렇게 짧게 자른 건 선수 시절 이후 처음이었다. 오늘 오전 그는 오랜만에 홀을 정리했다. 청소기를 밀고 거울을 닦았다. 송실장의 방문이 예정되어 있었다. 오후에는 운동복과 수건을 건조기에 돌려놓고 미용실로 향했다. 미용실 안의 검은 의자는 푹신했다. 머리카락 잘리는 소리가 기분 좋게 들려왔다. 조금 더요. 잘린 머리카락이 가운과 바닥 위로 쌓여갈 때 현성은 한 번 더 말했다. 네. 좋아요. 조금만 더요. 아주머니는 가위를 내려놓고 바리깡을 집어들었다. 잠시 후에 아주머니가 주춤거리며 스펀지로 목덜미를 털어냈다. 현성은 거울을 들여다보았다. 창으로 들어온 햇살이 살짝 일그러진 양쪽 귀와 어깨, 팔과 손등을 뜨겁게 내리쬐었다. 현성은 햇살의 느낌을 떠올리며 한쪽 가슴에 손을 올렸다. 유사장이 떨리는 손으로 서명한 계약서는 그의 추리닝 점퍼 안주머니에 있었다. 그는 어서 아내에게 소식을 전하고 싶었다. 현성은 그의 이야기를 듣는 아내의 표정을 상상했다. 아내의 얼굴을 보는 자신을 상상했다. 피트니스 센터가 들어선다는 소문이 돌기 시작했을 때 아내는 바로 처분하기를 바랐다. 현성은 쉽게 포기해서는 안된다고 생각했다. 버틸 수 있다고 생각했었다.

휴대폰을 내려놓은 현성은 위스키 잔을 들었다. 왁스 바른 남자가 자리에서 일어나며 실수로 현성의 어깨를 밀쳤을 때도 여전히 술잔을 들고 있었다. 현성의 코에 나무 향이 훅 끼쳐왔다. 남자는 자신의 재킷에 아무 얼룩도 생기지 않았는지 먼저 확인했다. 그의 재킷은 무사했다. 술을 뒤집어쓴 건 현성이었다. 잔에 담겨 있던 위스키가 현성이 입은 추리닝 점퍼 위로 쏟아졌다. 위스키가 그의 턱에서 목으로 흘러내렸다.

십여분 후 현성은 차의 깜빡이를 켠 채 갓길에 서 있었다. 세 여자는 현성의 검은색 차를 앞에 두고 나란히 섰다.

바에서 나와 사차선 도로에 진입한 후로 현성의 차는 속도를 늦추었다. 차들이 가고 서기를 반복했다. 신호가 빨간불로 바뀌자 서행하던 앞차가 멈추고 현성도 브레이크를 밟았다. 그때 뒤에서 들려오는 쿵, 소리와 함께 현성의 상체가 앞으로 출렁했다. 머리가 운전대에 닿을 뻔했다. 현성은 천천히 운전대를 꺾었다. 도로에서 검은색 차와 회색 차가 갓길로 빠져나왔다. 회색 차에서 똑같이 생긴 여자 두명이 먼저 내렸다. 머리 모양과 입술 색깔은 눈에 띄게 달랐다. 조수석에서 내린 여자는 화장기 없는 얼굴에 짙푸른 뿔테 안경을 썼다. 운전석에서 내린 여자는 다홍빛 입술에 얼룩말 무늬 스카프를 맸다. 손에 반지를 낀 여자는 뒷좌석에서 내렸다. 반지 낀 여자가 가장 어려 보였다. 여자 셋은 앞 범퍼를 살피며 걱정했다. 죄송해요. 놀라셨죠. 몸은 괜찮으세요? 여자들은 더 많이 찌그러진 현성의 차를 보고 한마디씩 했다. 이후로는 현성을 흘끔거리며 속삭였다. 그래도 현성에게는 다 들렸다. 여자들의 목소리는 작은 편이 아니었다.

멀쩡히 서 있는 차를 왜 들이받은 거야. 무슨 생각으로 운전한 거야.

그러게 뒤에서 왜 소리를 질러.

스카프 맨 여자와 반지 낀 여자가 언쟁을 벌였다. 안경 낀 여자는 가운데에서 중재하려고 했다. 스카프 맨 여자가 차 주인이었다.

말이 안되는 소리만 자꾸 하니까 그렇지.

반지 낀 여자가 스카프 맨 여자를 흘겨봤다.

아빠가 보낸 메시지 봤어? 이래서 속도가 안 나는 거야.

반지 낀 여자가 안경 쓴 여자에게 휴대폰을 보여줬다.

그러게 내가 다른 길로 가자고 했잖아.

스카프 맨 여자가 투덜거렸다. 반지 낀 여자는 고개를 들고 도로 앞쪽을 쳐다봤다. 그러다가 현성과 눈이 마주쳤다. 현성도 여자를 따라 시선을 돌렸다.

반지 낀 여자가 보험사에 연락하려고 하자 스카프 맨 여자가 소리를 질렀다.

그럼 어떻게 하자는 거야.

반지 낀 여자가 포기했다는 듯 고개를 저었다. 그 여자가 대표로 현성에게 다가왔다. 두명은 뒤에서 기다렸다.

여기로 연락 주세요.

그녀는 명함을 내밀었다. 수리비와 치료비를 부담할 테니 보험사에 연락하지 말고 처리하자고 했다. 이혼소송 중인 둘째 언니가 남편과 어떤 식으로든 엮이고 싶지 않다는 이유였지만 그 이야기는 하지 않았다. 말도 안되는 이유라고 여자는 생각했다. 그녀는 억지로 미소 지었다. 현성이 선뜻 응하지 않자 초조해졌다. 하지만 명함을 꺼낼 때 떨어진 영수증을 주운 후에는 당당해졌다. 현성의 운동화 앞에 떨어진 영수증을 집으며 그와 가까워졌을 때 여자는 자신이 싫어하는 냄새를 맡았다. 여자는 형사처럼 옷깃을 여미며 현성을 응시했다.

보험사에서 나오면 어차피 난감하실 거 아니에요.

여자가 손가락으로 도로 앞쪽을 가리켰다. 손가락에 낀 반지는 총명한 눈동자처럼 반짝였다.

여기서는 안 보일 거예요. 근데 음주 단속 맞아요. 원래 이 정도로 막히지 않잖아요.

여자는 단속 구간까지 운전을 대신해주겠다는 제안을 했다. 여자를 물끄러미 쳐다보던 현성은 고개를 숙였다. 아직 젖어 있는 추리닝 앞부분을 내려다봤다. 여자는 승낙의 표시로 여겼다.

고맙다는 인사를 하며 여자들은 어느 차에 탈지, 누가 현성의 차를 운전할지 정했다.

제정신도 아니면서 왜 차를 끌고 나왔어.

반지 낀 여자가 스카프 맨 여자에게 마지막으로 쏘아붙이고 회색 차로 돌아갔다. 안경 쓴 여자가 현성 차의 운전대를 잡고 조수석에 스카프 맨 여자가 앉았다. 현성은 뒷좌석에 앉았다. 두대의 차는 무사히 이차선로에 끼어들었다. 안경 쓴 여자는 룸미러로 회색 차가 잘 따라오는지 확인했다. 그럴 때마다 현성의 얼굴이 보였다. 모르는 남자의 차를 운전하는 일은 처음이었다. 추리닝에 운동화를 신은 남자의 머리는 짧고 귀는 살짝 일그러졌으며 덩치는 산만했다. 운동하는 사람 같았다. 막내 동생의 말대로 차 안에서 술 냄새가 났다. 여자는 음주 단속 경찰 앞에서 일부러 양주를 벌컥벌컥 마시는 사람도 있다고 들었다. 갓길에 차를 버려두고 도망치는 사람 이야기를 들은 적도 있었다.

막내는 날 무시해.

스카프 맨 여자가 침묵을 깼다.

꼭 자기 형부처럼 굴어. 다른 사람들은 그 인간이 어떤지 몰라. 상상도 못할 거야.

스카프 맨 여자는 방금 한대 맞은 것처럼 팔로 어깨를 감싸며 얼굴을 찌푸렸다. 안경 쓴 여자는 얼룩말 무늬 스카프를 맨 여동생을 흘끔 봤다. 여동생은 남편 때문에 몇년째 힘들어했다. 안경 쓴 여자는 제부와는 정반대의 남자와 결혼했다. 뒷좌석의 남자와도 달랐다. 그녀의 남편은 맞춤 슈트를 입고 출장을 다녔다. 얼마 전에는 미국 네바다에서 기념품을 사 왔다. 그는 뭐든 최고급을 원했다. 매서운 눈빛에 면도한 턱은 늘 깔끔했다. 아침마다 면도 후에 그녀가 사다놓은 스킨과 로션을 발랐다. 그는 용서에 인색했으며 일과 혼자 있는 시간을 사랑했다.

현성은 되도록 여자들의 대화에 신경 쓰지 않으려고 했다. 그는 줄곧 창밖을 보고 있었다. 이 도로를 따라가다가 세번째 사거리에서 우회전하면 방직공장을 개조한 까페가 나왔다. 높은 천장의 콘크리트 구조와 바닥의 방수처리 흔적이 다 보이는 까페였다. 아늑한 분위기라고는 전혀 찾아볼 수 없는데도 빈자리를 찾지 못해 창가에 걸터앉아 먹을 정도로 사람이 몰렸다. 아내는 그 까페에서 일했다. 현성은 아내를 만나러 가는 중이었다.

등을 기대고 앉아 있던 현성은 살짝 몸을 들어 앞좌석을 살폈다.

스카프 맨 여자의 몸이 앞으로 기울었다. 등받이 너머로 여자의 어깨가 들썩였다.

너무 아파. 정말이야. 온몸이 다 아파.

안경 쓴 여자는 한 손으로 여동생의 등을 쓰다듬었다. 안쓰러운 눈으로 스카프 맨 여자를 보다가 금방 다시 정면으로 시선을 고정했다. 운전을 해야 했다.

속이 뒤집어질 것 같아. 진짜야. 나 토할 것 같아.

스카프 맨 여자가 신음을 내뱉었다. 그녀는 오늘 언니와 동생을 불러냈다. 아버지에게도 병원에 함께 가달라고 했다. 의사는 여자의 몸에는 아무 이상이 없다고 했다. 몇년째 시달리는 두통과 복통, 요통의 원인이 모두 심리적 요인이라고, 하지만 그녀가 느끼는 통증은 진짜라고 의사는 말했다.

잠깐 차를 세워도 될까요?

안경 쓴 여자가 현성에게 물었다. 여자는 목을 길게 빼고 룸미러를 쳐다봤다. 현성의 대답을 기다리던 여자는 조용히 핸들을 꺾었다. 차는 다시 갓길에 섰다. 들릴 듯 말 듯하던 신음 소리가 조금씩 커졌다. 안경 쓴 여자는 여동생에게 차에서 내려 바람을 쐬면 어떻겠냐고 물었다. 스카프 맨 여자는 고개를 숙인 채 그냥 내버려두라고, 건드리지 말라고 했다. 잠시 후 여자는 흐느끼기 시작했다. 안경 쓴 여자는 시동을 껐다. 등받이에 몸을 기대고 숨을 내쉬었다. 여동생의 흐느낌 말고는 아무 소리도 들리지 않았다.

죄송해요.

안경 쓴 여자가 말했다. 남자에게 사과를 해야 할 것 같았다. 남자는 말이 없었다. 창밖으로는 서행하는 차들의 불빛이 느리게 흘렀다. 예전에 여자는 만나는 사람마다 남편 이야기를 들려줬었다. 동생들은 여자의 이야기를 듣다가 하품을 했다. 여자는 했던 말을 하고 또 했었다. 그래도 답답한 마음이 풀리지 않아 몸 어딘가 꽉 막힌 것 같았다. 언젠가부터는 말수가 줄어 아무 이야기도 하지 않았다. 대신 운동을 시작했다. 땀이 많이 나는 운동을 즐겼다.

어디로 가시는 거예요? 집으로 가세요? 토요일 저녁이잖아요.

여자는 한번 더 용기를 냈다. 답답한 분위기를 바꿔보고 싶었다.

네.

여전히 창밖에 시선을 둔 채 현성이 짧게 대답했다. 안경 쓴 여자는 현성이 심하게 화가 났을지도 모른다고 생각했다. 정차 중인 차를 뒤에서 박아 찌그러뜨리고 보험처리도 하지 않겠다니 황당했을 것이다. 내일이면 목이나 허리가 쑤셔올 수도 있다. 하지만 그녀들이 아니었다면 남자는 경찰서에서 조서를 써야 했을지 모른다.

현성은 말없이 창밖만 보고 있었다. 하지만 여자가 자신을 계속 쳐다본다는 사실은 알았다.

화나셨어요?

안경 쓴 여자가 물었다. 현성은 잠깐 잠이 들었다가 깨어난 사람처럼 눈을 한번 깜빡였다. 그는 전혀 화나지 않았다. 화가 나기 시작한 것은 여자였다.

집으로 가는 게 아니죠?

여자의 목소리가 달라졌다. 지금까지와는 달리 날이 서 있었다. 두 사람에게 관심을 두지 않는 편이 최선이라고 현성은 생각했다. 그런데 그게 아니었다.

술 드셨잖아요. 이 시간에 술 먹고도 운전을 하는 거면 집으로 가는 건 아닐 거 아니에요.

여자의 말이 두서없이 빨라졌다.

술을 먹었으면서 왜 운전을 한 거예요?

여자는 운전대를 잡은 채 목소리를 높였다. 여자의 목소리가 차 안에 울려 현성과 스카프 맨 여자 모두를 놀라게 했다.

술을 쏟았다고, 그래서 냄새가 나는 거라고 변명하듯 현성이 말했다. 그의 말이 끝나자마자 안경 쓴 여자가 몸을 돌려 현성을 정면으로 쳐다봤다. 짙푸른 안경테가 여자의 눈가에 그늘을 만들고 안경알에 불빛이 번져 있었다.

술을 안 먹었다구요? 그럼 왜 내가 이 차를 운전하고 있죠? 왜 말하지 않았어요? 왜요?

여자가 현성의 눈앞에서 소리 질렀다. 현성은 여자를 쳐다보지 않으려고 애썼다. 녹초가 된 기분이었다. 그의 몸에서 피가 조금씩 빠져나가는 것 같았다. 여자의 목소리는 협박하는 것 같기도 하고 간절한 부탁을 하는 것 같기도 했다. 여자들이 그의 말을 믿지 않아도 어쩔 수 없다고 그는 생각했다. 그는 어제도 술을 마시고 그제도 마셨다. 하지만 오늘은 마시지 않았다. 현성은 원래 말수가 적었다. 술을 마시면 말이 많아지고 몇잔 더 걸치면 다시 말이 줄었다. 아내의 말에 따르면 현성은 헬스장을 비우고 이른 오후부터 술을 먹기 시작해 다음 날 새벽까지 술을 먹은 적이 여러번 있었다. 그에게 심각한 문제가 있다고 아내는 말했다. 술에 관해서는 아내가 좀 예민했다. 술을 과하게 좋아하는 아버지와 옆에서 고생한 어머니를 보고 자란 탓이라고 말했다가 그는 아내와 크게 다퉜다.

우리가 부탁했잖아. 이 사람은 그냥 우리 부탁을 들어준 거야.

스카프 맨 여자가 손바닥으로 얼굴을 문지르며 말했다. 흐느낌 대신 세 사람의 거친 숨소리가 차 안을 채웠다. 안경 쓴 여자의 가슴이 들썩였다.

안 갈 거야?

스카프 맨 여자의 말에 안경 쓴 여자가 시동을 걸었다. 차는 다시 출발했다.

백여 미터 앞에서 붉은 불빛이 움직였다. 현성은 눈을 감았고 차는 다시 멈춰 섰다. 운전석 창문이 내려가고 밤의 차가운 공기가 들어왔다. 현성은 자기도 모르게 몸을 움츠렸다. 앳된 얼굴의 경찰이 안경 쓴 여자의 입 앞에 음주측정기를 가져다 댔다. 그녀는 숨을 들이마셨다가 훅 불어냈다.

더요. 더 세게요. 더. 더. 더.

경찰이 리듬을 타며 말했다. 여자는 룸미러를 봤다. 현성은 감았던 눈을 떴다. 그녀의 눈과 그의 눈이 마주쳤다. 여자가 숨을 크게 들이마시고 내쉬자 삐 소리가 울렸다. 경찰이 측정기를 거둬간 후에 여자에게 경례했다. 창문이 소리 없이 닫히고 차는 다시 출발했다.

성탄절 특집

짙은 갈색 코트를 입은 혜원은 맨 앞좌석에 앉았다. 합창단이 오르간 반주에 맞춰 부르는 성가는 2층에서 들려왔다. 후렴구에 이어 곡이 끝나자 적막해지고 사람들이 하나둘씩 자리에 앉았다. 혜원은 미사포를 꺼내 머리에 썼다. 장미 무늬 미사포의 끝단이 그녀의 얼굴선을 따라 떨어졌다. 미사 시간이 되자 복사 소년들이 교단 위로 올랐다. 걸을 때마다 긴 가운 아래로 하얀 실내화의 앞코가 보였다. 교단 앞은 붉은색 꽃들이 장식했다. 소년들이 조심스럽게 빨간 달리아와 거베라 사이의 긴 촛대에 불을 붙였다. 지난해에는 혜원이 흰 꽃으로 교단을 장식했었다. 그녀가 성탄절 헌화를 맡아 직접 새벽 꽃시장에서 싱싱한 백합을 골라왔다. 그녀는 꽃꽂이를 사랑했다. 지칠 때마다 집 안을 쓸고 닦듯이 꽃대를 다듬고 화병에 꽃을 꽂았다. 초라한 꽃이 자신의 손끝에서 새롭게 태어날 때 그녀는 기쁨을 느꼈다.

신자들의 낮은 속삭임과 성가, 조심스러운 발소리를 들으며 혜원은 두 손을 모았다. 주님의 평화를 빕니다. 신자들의 음성 위로 성체를 모실 시간을 알리는 종이 울렸다. 삼개월에 한번씩 작은 방에서 고해성사를 하고 기도문을 외운 혜원은 성체를 모시기 위해 줄을 섰다. 자리로 돌아와서는 코트 자락이 바닥에 끌리지 않도록 여미며 무릎을 꿇었다. 입천장에 붙은 밀떡을 떼어내 삼키며 그녀는 눈을 감았다. 다시 눈을 떴을 때는 모든 게 뿌옇게 보였다. 미사포가 이마를 지나 코 아래까지 내려와 있었다. 그 상태로 그녀는 고개를 들어 주변을 둘러보았다. 스테인드글라스를 뚫고 들어온 빛과 아치형 천장 아래 술잔을 닦는 신부, 두 손을 모은 신자들이 면실로 촘촘히 짜인 그물망 너머로 보였다. 옆 사람이 그녀를 흘끔 쳐다봤다. 혜원은 어깨를 한번 들썩이며 웃었다. 머리끝에서 발끝까지 부드러운 베일에 싸인, 비련의 여주인공이 된 것 같아 웃음이 나왔다. 마지막 오르간 반주가 시작될 때 그녀는 몸을 낮추어 본관을 빠져나왔다. 대충 접어 가방에 넣어둔 미사포는 바람에 날려 성당 입구에 떨어졌다. 혜원은 종종걸음으로 길을 건넜다. 길을 몇번 더 건넌 후에 그녀는 벽 전체에 전구 장식을 두른 건물 앞에 섰다.

오전 열시의 백화점 직원들은 손님 맞을 준비로 분주했다. 밝은 조명 아래 매끈한 플라스틱 용기 안에는 색색의 화장품이 담겨 있었다. 가죽으로 둘러싸인 손잡이를 밀며 혜원이 안으로 들어섰다.

화려한 크리스마스트리와 포근한 내피를 두른 가죽장갑, 밍크 목도리, 토끼털 장식이 달린 모자를 지나 그녀는 엘리베이터에 올랐다. 8층에서 주방용품을 둘러보던 그녀는 하행 에스컬레이터에 몸을 실었다. 에스컬레이터가 그녀를 한층씩 아래로 내려보냈다. 5층에서 혜원은 사슴뿔 모양 모자가 달린 점퍼에 시선을 빼앗겼다.

크리스마스 선물로 인기인데 딱 하나 남았어요. 오늘부터 할인 들어갔어요.

혜원은 그 매장의 첫 손님이었다. 그녀가 들어설 때 직원은 얼굴을 찌푸렸다가 점퍼와 세트인 털방울 신발을 꺼내면서는 활짝 웃어 보였다. 카드를 건네받은 후에는 점퍼와 신발을 상자에 담아 리본을 둘렀다. 쇼핑백을 든 혜원은 한층 더 내려갔다.

캐시미어 60%예요. 남자들은 두꺼운 거 싫어하잖아요. 유행 타는 스타일도 아니구요.

남성복 매장 직원은 아가일 무늬 스웨터의 소매 부분을 그녀의 손등에 올렸다. 양손에 쇼핑백을 하나씩 든 혜원은 여성복 매장에서 다홍색 카디건도 하나 샀다. 사은품으로는 사계절용 스카프를 챙겼다.

화장실 파우더룸에서 그녀는 립스틱을 꺼내 덧바르고 퍼프로 콧방울 옆과 입가를 세심히 두드렸다. 거울을 들여다보며 눈가의 주름 사이에 뭉친 파운데이션도 깔끔히 정리했다. 웨이브를 굵게 넣은 그녀의 갈색 단발머리는 나이가 들면서 도드라진 턱선을 부드럽게 감쌌다. 진주 귀걸이는 노란빛을 띠는 얼굴색과 잘 어울렸다.

오십대 후반에 접어든 그녀의 검고 큰 눈동자는 맑고 은은한 빛을 내뿜었다. 그녀는 푹신한 의자 위에 나란히 놓인 쇼핑백 세개를 바라보았다. 상자 안에 든 옷을 입을 세 사람을 막 떠올렸을 때 화장실로 여자가 한명 들어왔다. 베이지색 유니폼을 입은 나이 든 여자였다. 여자는 화장실 휴지통을 비웠다. 여자가 나간 후 혜원도 화장실 밖으로 나갔다. 그녀는 상행 에스컬레이터에 올랐다. 여성복과 남성복, 유아복 매장에 들러 세명의 상냥하고 친절한 직원을 차례로 다시 찾았다. 직원들은 미소를 잃지 않았다. 포장을 벗기고 나서 카디건과 스웨터, 사은품으로 건넸던 사각 스카프, 사슴뿔 점퍼와 신발을 제자리에 가져다 놓았다. 아무도 이유를 묻거나 투덜거리지 않았다. 백화점 밖으로 나왔을 때 혜원은 그녀의 가방 하나만 들고 있었다.

거리는 춥고 안개가 낀 것처럼 흐렸다. 잿빛 하늘은 눈이 쏟아질 것처럼 무겁게 내려앉았다. 그녀는 코트 소매를 걷어올려 시간을 확인했다. 몸을 움츠리고 서 있는 동안 하얀 입김이 나오고 코끝과 볼은 빨개졌다. 그녀는 빈 택시에 올라탔다.

어디로 가세요?

머리가 희끗한 기사는 오십견 통증을 무릅쓰고 몸을 뒤로 틀었다. 뒷좌석에 오른 여자는 코트 깃을 여민 손만 바꿀 뿐 아무 말이 없었다.

직진해주세요.

잠깐의 정적이 흐른 뒤 여자는 깜빡했다는 듯 말했다. 기사는 신호 대기를 할 때마다 룸미러로 여자를 흘끔거렸다. 언제까지 직진해야 할지 난감했다. 막 뒷좌석에 올랐을 때 여자는 약속 시각에 늦은 사람처럼 굴더니 출발한 뒤로는 희미한 미소를 띤 채 창밖만 보고 있었다. 달리던 택시는 만남의 광장 앞에 멈춰 섰다. 기사는 여자의 결정을 기다렸다. 이 톨게이트를 지나면 가장 가까운 휴게소까지만 다녀와도 한두시간은 걸렸다. 여자는 코트 소매를 걷어 손목에 찬 시계를 봤다. 잠시 후에 기사는 방향을 틀었다. 십여분을 달리던 택시는 시청 근처의 호텔 앞에 섰다. 눈이 내리고 있었다. 그녀는 택시에서 내려 걸었다. 젖은 보도블록 위에 내린 눈은 질척하고 그늘져 살얼음이 언 곳은 미끄러웠다. 코트 깃과 머리는 눈에 젖어 축축해졌다. 그녀는 걷다가 한기를 느끼며 멈춰 섰다. 다시 호텔 정문을 지나 주차장 쪽 직원용 입구로 들어갔다.

혜원은 코트를 벗어 옷걸이에 걸어두고 귀걸이를 빼며 동료들과 간단한 인사를 나누었다. 동료들은 로비 담당이 연락도 없이 결근했다는 소식을 주고받았다. 그래서 매니저가 화를 냈다는 이야기가 옷장 문 너머로 들렸다. 매니저인 현준이 그녀를 찾았다. 현준은 벌써 피곤해 보였다. 그는 혜원에게 로비를 대신 맡아달라고, 라운지바로 먼저 가보라고 했다.

비상계단 쪽의 직원용 문이 열리고 혜원이 걸어나왔다. 원피스를 입고 앞치마를 두른 혜원은 하얀 실내화를 신었다. 손에는 깨끗한 걸레가 든 작은 면가방을 들었다. 그녀는 로비 중앙의 크리스마스트리와 꽃장식을 지나 라운지바로 향했다. 호텔 로비의 왼편에는 카운터, 오른편에는 라운지바가 있었다. 입구에 서 있던 동현이 그녀를 맞이했다. 매니저의 연락을 받은 그는 청소해줄 직원을 기다리고 있었다. 혜원은 동현을 따라 라운지바 안으로 들어갔다. 색다른 분위기에 그녀의 얼굴은 약간 상기되었다. 벽과 바닥은 자줏빛이고 소파는 연보라색이었다. 좌석마다 방울꽃 모양의 조명이 천장을 향해 솟았다가 고개를 꺾으며 내려와 테이블을 비췄다. 객실 청소와 비품 관리를 맡아온 그녀는 라운지바에는 처음이었다. 가장 안쪽 테이블 옆에는 지하에서부터 지상 2층까지 이어지는 나선형 계단이 있었다. 그 계단이 지상 2층의 레스토랑과 지하의 연회장을 이어주었다. 전날 행사에서 계단을 장식했던 풍선이 터지면서 계단 난간과 주변 테이블에도 반짝이 가루가 묻어 있었다. 지난밤 직원들이 청소했지만 여전히 반짝거렸다. 혜원은 걸레질을 시작했다. 동현의 지시대로 테이블 주변부터 닦았다.

동현은 다시 라운지바 입구에 섰다. 그 자리에 서면 왼편으로는 라운지바 내부가, 오른편으로는 로비 전체가 시야에 들어왔다. 곧 손님들이 몰릴 시간이었다. 크리스마스가 가까워지면 호텔은 더욱 붐볐다. 이 시기에 호텔을 찾는 사람들은 특별한 경험을 원했고 호텔에서는 투숙객을 위한 이벤트와 라운지바 손님을 위한 특별 메뉴를 마련해놓았다. 동현은 매일 아침 슈트를 차려입고 호텔로 출근했다. 라운지바를 찾은 사람들의 손짓이나 눈짓을 기다렸다. 준수한 외모의 동현은 또래에 비해 젊어 보였지만 실제로는 퇴직할

나이가 지났다. 얼마 전 매니저가 된 현준보다 훨씬 젊었을 때부터 그는 이 호텔에서 일했다. 눈이 침침해지고 몸에서 나는 냄새를 감추기 위해 향수를 써야 하는 지금까지, 작년과 재작년 두해를 빼고는 라운지바에 머물렀다. 가족들과 함께 객실에 묵은 적도 있었다. 아내와 두 아이는 직원할인가로 묵었다. 겨울방학이나 여름방학에는 이용할 수 없었지만 몇번은 주말을 이용해 즐겁게 지냈다. 예전의 일이었다. 그가 가족과 떨어져 지낸 지는 꽤 오래되었다.

대가족이 빠져나간 후 로비는 조금 한산했다가 다시 소란스러워졌다. 엘리베이터가 열리고 여행객이 우르르 나왔다. 여행객들이 나간 후 짙은 남색 코트를 입은 여자가 회전문을 통과해 라운지바로 들어섰다. 동현은 메뉴판을 들고 자리를 안내했다. 여자는 교양있는 미소를 지으며 메뉴판을 펼쳤다.

이걸로 할게요.

잠시 후 테이블 위에는 긴 유리잔에 담긴 갈색 음료와 한입 크기의 프레첼이 담긴 작은 접시가 놓였다. 여자는 소파에 몸을 깊숙이 파묻으며 음료를 한모금 마셨다.

테이블 청소를 끝내고 창가를 문지르던 혜원은 잠시 숨을 돌리려고 허리를 폈다. 그녀가 조금 전에 닦아놓은 자리에 여자가 앉아 있었다. 소파에 기대어 음료를 마시는 여자는 여유롭고 편안해 보였다. 연회장이 어울리는 우아하고 고상한 여자 같았다. 혜원은 전날 지하에서 열렸을 연회를 상상했다. 멋을 낸 옷차림과 맛깔스럽고 정갈한 음식, 활기찬 분위기 속에 주고받는 위로와 축하의 말을 떠올렸다. 점심시간이 가까워지며 여자의 음료잔은 바닥을 드러내고 라운지바의 빈 테이블은 하나둘 채워졌다. 사람들은 먹고 마시며 이야기를 나눴다. 연보라색 소파 너머로 말소리가 뒤섞였다. 무슨 말인지는 알아들을 수 없었다. 그들만의 이야기를 조심스럽게 나누는 것 같았다. 혜원은 다시 여자에게 시선을 돌렸다. 여자의 맞은편에는 연보라색 소파가 있을 뿐이었다. 혜원은 다시 걸레질을 시작하고 여자는 음료를 한잔 더 주문했다.

혜원이 라운지 청소를 끝내고 로비로 나가자마자 현준이 그녀를 불렀다. 크리스마스트리 앞이 엉망이었다. 사람들은 트리 앞에서 사진을 찍느라 정신이 없었다. 혜원은 사람들이 밟기 전에 분홍색과 베이지색이 뒤섞인 아이스크림을 말끔히 닦았다. 카운터 앞 테이블의 커피 얼룩도 지웠다. 구부렸던 몸을 일으키기 전에 아이들 여럿이 그녀 옆을 지나갔다. 뛰어가는 아이를 피하느라 그녀는 대리석 재질의 테이블에 다리를 부딪쳤다. 무릎을 문지를 새도 없이 그녀는 시간을 확인하며 화장실로 향했다. 청소도구함에서 장갑과 밀대, 봉투를 꺼냈다. 세면대의 물기를 말끔히 제거하고 휴지통을 비우기 시작했다. 화장실 두번째 칸은 잠겨 있었다. 두번째 칸이 열리기를 기다리는 동안 그녀는 파우더룸 의자에 앉았다. 손님이 들어오면 바로 일어날 생각이었다. 테이블에 부딪힌 무릎이 아니라 허리가 아파왔다. 그녀는 허리를 뒤로 젖혔다. 그러자 머리를 하나로 묶은 여자가 창가에 서 있는 모습이 눈에 들어왔다. 파우더룸 벽에 걸린 그림이었다. 따사로운 햇살이 창가에 놓인 꽃병과 테이블 위로 쏟아졌다. 테이블 위에는 빈 접시와 포크, 먹다 만 과일 한 조각이 뒹굴었다. 과일은 윤기 없이 창백했다. 창밖을 멍하니 바라보는 여자는 슬프고 우울해 보였다. 몇개월 전부터 일기를 쓰기 시작하면서 그녀는 관심이 없던 것에 흥미가 생겼다. 예전이라면 그냥 지나쳤을 벽에 걸린 그림에도 눈길이 갔다. 갇혀버린 봄. 혜원은 제목을 기억해두려고 두번 소리 내 읽었다. 일기에 쓸 생각이었다. 일기 쓰기는 혼자 지내면서 생긴 습관이었다. 아들 상우와 며느리 소연, 두살배기 산호와 함께 살다가 지금은 그녀 홀로 지냈다. 처음에는 그녀와 사이가 좋지 않던 소연이 산호를 데리고 친정으로 갔다. 사돈댁과 혜원의 집을 오가며 지내던 상우가 그녀의 집에 오는 횟수가 점점 줄면서 혜원은 상우와도 크게 싸웠다. 상우는 지방 출장이라면서 사돈집에서 잘 때가 있었다. 그 사실을 혜원은 우연히 알게 되었다. 남편과는 상우가 어릴 때 헤어졌다.

그림에 빠져 있던 혜원은 화장실 문이 열리는 소리에 놀라 벌떡 일어났다. 찌르는 듯한 통증이 허리를 휘감았다가 사라졌다. 두번째 칸에서 라운지바에 있던 여자가 나왔다. 여자는 세면대에서 손을 닦았다. 혜원이 닦아놓은 새하얀 세면대로 물방울이 튀었다. 여자는 손의 물기를 털지도 않고 세면대에서 돌아섰다. 바닥으로도 물방울이 떨어졌다. 혜원은 손님, 하고 여자를 불러 세웠다. 발걸음을 옮기던 여자는 고개만 살짝 틀어 혜원을 돌아보았다. 혜원은 손가락으로 세면대 앞 거울을 가리켰다. 거울 속에는 여자의 뒷모습이 고스란히 비쳤다. 무릎 아래까지 사선으로 퍼지던 치맛단이 허벅지를 지나 엉덩이까지 올라가 있었다. 여자는 다급히 스타킹 허리춤에 말려들어간 치맛단을 빼냈다. 서둘러 나가려던 여자는 불안한 듯 주변을 두리번거렸다. 희미한 미소를 짓다가 파우더룸 벽에 기대섰다.

좀 어지러워서요.

소파 등받이에 머리를 비빈 탓에 여자의 머리카락은 헝클어져 있었다. 라운지바로 들어설 때 꼿꼿하던 자세도 흐트러졌다. 여자는 부끄러운 듯 두 손을 양 볼에 대었다.

못 보던 그림이네요.

여자는 혜원이 앉았던 자리에서 그림을 들여다보았다. 여자의 말끝이 조금씩 늘어졌다.

무슨 꽃 좋아하세요?

여자가 혜원을 보며 빙그레 웃었다. 혜원의 대답을 기다리지도 않고 여자는 수국,이라고 말하며 그림 속의 꽃을 가리켰다.

로비에 있는 수국도 예뻐요.

여자는 거울 앞에서 머리를 매만진 후에 화장실 밖으로 나갔다. 여자가 나간 후에 혜원은 세면대 물기를 닦아내고 두번째 칸 휴지통을 비웠다.

다급한 발소리가 들려오기 전까지 로비는 평화로웠다. 크리스마스트리의 금색 볼과 별 장식은 은은하게 반짝거리고 원형 테이블 위 두개의 화병에 꽂힌 꽃들은 화려한 크리스마스트리 옆에서도 기죽지 않을 만큼 풍성하고 아름다웠다. 사람들은 그 옆에서 통화를 하거나 팔짱을 낀 채 얘기를 나누었다. 손뼉을 치면서 웃는 사람도 있었다. 남자 한명이 통화하는 사람을 밀치며 로비를 가로질러 달려왔다. 거기 서,라고 외치는 현준의 목소리가 날카롭게 울렸다.

자꾸 이러시면 안된다니까요.

현준이 남자를 잡아 세웠다.

뭘 어쨌다는 건데요?

남자는 현준에게 한쪽 팔을 잡힌 채 시치미를 뗐다.

발레파킹 대기 고객용이라구요. 막 가져가시면 안된다구요.

숨을 고르며 현준은 남자가 입은 점퍼의 주머니를 쳐다봤다. 남자의 머리는 부스스하고 코끝은 붉었다. 낡은 등산화에는 흙이 말라붙어 있었다.

현준이 무전을 치자 챙 없이 둥근 모자를 쓴 신우가 달려왔다. 신우는 남자를 넘겨받았다. 지난달 실습을 마친 신우는 이번 주부터 업무를 시작했다.

한번 더 이러시면 신고한다고 말씀드렸잖아요. 처음이 아니지 않습니까.

현준은 남자를 보며 또박또박 말했다.

오늘은 그냥 못 넘어갑니다. 아시겠어요?

두 손이 자유로워진 현준은 흐트러진 머리를 가지런히 넘기고 스마트폰을 꺼냈다. 그가 통화하는 동안 신우는 남자를 잡고 있었다. 그는 남자의 눈을 피해 시선을 돌렸다. 로비에 있던 몇 사람이 신우와 남자를 쳐다보고 있었다. 수화물용 사이즈의 트렁크 하나가 쓰러지며 큰 소리가 나자 사람들의 시선이 그리로 쏠렸다. 소파 옆에서 뛰다가 넘어진 아이는 울음을 터뜨렸다. 그때 신우는 어, 하는 탄식을 내뱉었다. 남자는 신우에게 잡혀 있던 한쪽 팔을 힘껏 빼내고 회전문 밖으로 사라졌다. 현준은 스마트폰을 다시 꺼내들었다. 신고를 취소해야 했다.

라운지바로 돌아온 여자는 빈 잔을 내려놓고 손을 들어올렸다. 연보라색 소파 위로 여자의 손이 삐죽이 올라왔다. 동현이 테이블로 갔을 때 여자는 머리를 기울인 채 앉아 있었다.

메뉴판을 드릴까요?

여자는 고개를 저었지만 동현은 메뉴판을 테이블 위에 내려놓으며 크리스마스 특별 메뉴를 추천했다. 메뉴판에는 사진이 실려 있었다. 폭신하게 부푼 2단 팬케이크를 뒤덮은 크림은 쌓인 눈처럼 하얬다. 크림 위에는 새빨간 딸기와 로즈마리 생잎이 올려져 있었다. 노랗게 구워진 팬케이크는 보기만 해도 고소하고 달콤한 냄새가 나는 것 같았다.

아니요. 마시던 걸로 주세요.

여자의 말에 동현은 여자가 줄곧 시키던 메뉴를 확인했다.

맞아요. 그 차를 한잔 더 주세요.

차요?

무뚝뚝한 표정으로 동현이 물었다. 두 사람은 잠시 아무 말 없이 마주 보았다. 동현은 메뉴판을 다시 내밀었다. 칵테일 목록이 나열된 페이지였다. 두번째 줄에 테네시 티. 그 아래에는 잭 다니엘과 트리플섹, 콜라를 섞어 새콤달콤한 칵테일이라고 적혀 있었다.

이 음료는 차가 아니에요. 위스키를 넣은 칵테일입니다. 건장한 남자라도 급하게 여러잔을 마시면 금방 취할 거예요.

동현이 정중하고도 단호하게 말했다.

저도 알고 있어요.

여자는 귀찮은 듯 시선을 돌렸다.

규정상 짧은 시간 내에 음료를 한꺼번에 제공해드릴 수 없어요. 삼십분 정도 기다려주시겠습니까?

동현은 말을 마치고 메뉴판을 덮었다. 눈을 깜빡인 채 가만히 앉아 있던 여자는 미간을 살짝 찌푸렸지만 동현은 돌아섰다. 동현이 물러난 후 여자는 자리에서 일어나 라운지바 안을 거닐었다. 테이블마다 둘이나 셋, 혹은 넷이 마주 앉아 있었다. 주인이 잠시 자리를 비운 테이블도 있었다. 여자는 그 테이블에 앉았다. 테이블 위에는 먹다 만 버섯 요리와 무스케이크, 그리고 자줏빛 와인 두잔이 놓여 있었다. 와인잔 옆으로 여자의 두 손이 올라왔다. 방울꽃 조명의 노란빛이 짙은 갈색 테이블 위 여자의 손을 비췄다.

자리로 돌아가시죠.

뒤늦게 동현이 테이블로 왔을 때 여자는 와인잔을 한 손에 들고 있었다. 놀라는 기색도 없이 여자는 지친 듯 느리게 와인을 들이켰다. 동현을 바라보던 여자는 시선을 옆으로 옮겼다. 이십대 남녀가 당황한 얼굴로 테이블 앞에 서 있었다. 동현이 테이블 주인에게 사과하는 동안 여자는 라운지바를 빠져나갔다.

식품실로 가던 혜원은 꽃장식 앞에서 여자와 다시 마주쳤다.

마침 잘 오셨어요. 수국의 꽃말이 뭔지 아세요?

원형 테이블 앞에 선 여자가 혜원을 보고 미소 지었다.

혜원은 식품실에 들렀다가 발레파킹 고객대기실에 가야 했다. 마카롱이 떨어졌다는 연락을 받고 채워놓으러 가는 중이었다. 걸음을 재촉하던 혜원은 멈춰 서서 꽃장식을 올려봤다. 작은 송이가 옹기종기 모인 수국과 작약은 탐스럽고 푸른 잎의 나뭇가지는 천장에 닿을 듯 길게 뻗어 있었다.

진심과 변덕이에요.

여자는 와인 한모금을 마시고 혜원 쪽으로 몸을 숙이다가 휘청였다. 혜원은 여자에게 다가가 부축하듯 손목을 잡았다. 손에 닿은 여자의 피부는 뜨겁고 건조했다. 혜원이 다른 한 손을 내밀자 여자는 순순히 와인잔을 건넸다. 잔에 남아 있는 와인은 로비의 화려한 조명을 받아 더욱 선명한 붉은색을 띠었다. 혜원은 한두번 맛본 이후로는 술을 마셔본 적이 없었다. 조금만 마셔도 가슴이 뛰고 얼굴이 빨개졌다. 그녀는 들고 있던 와인잔을 원형 테이블 위에 내려놓았다.

여긴 너무 건조해요. 꽃잎이 바싹 말라가고 있어요.

여자는 꽃과 꽃꽂이의 몇가지 기법에 대해 이야기했다. 이상하게도 여자의 말투는 전보다 훨씬 또렷했다.

아주머니도 취미를 가져보세요. 혼자 할 수 있는 취미요. 꽃꽂이 같은 거요.

여자가 말했다. 그 말에 혜원은 어깨를 한번 들썩이며 웃었다. 혜원이 웃자 여자도 따라 웃었다. 둘은 자매나 매우 가까운 친구처럼 마주 보고 웃었다. 여자는 천천히 몸을 돌려 나란히 서더니 혜원의 어깨에 잠시 고개를 기댔다. 여자의 머리칼이 혜원의 목덜미를 스쳤다.

수국은 습도와 온도가 맞지 않으면 금방 시들어버리지만, 최적의 환경에서는 오랫동안 활짝 핀답니다.

여자가 한 손을 위로 높게 뻗었다. 여자는 수국 꽃대에서 시든 꽃잎을 찾아 떼어내기 시작했다. 혜원은 작약이 꽂힌 화병 앞으로 갔다. 그녀가 가장 좋아하는 꽃은 작약이었다. 크리스마스를 맞아 바뀐 꽃장식을 처음 봤을 때 혜원은 눈을 떼지 못했다. 익숙한 꽃과 나뭇가지를 활용한 세련되고 우아한 꽃꽂이 기법에 감탄했다. 작약은 활짝 피기 전이 가장 아름다웠다. 그녀는 여린 꽃잎에 조심스럽게 손을 대었다. 겹겹이 싸인 작약 꽃잎은 연분홍빛이었다.

지금 뭐 하시는 거예요?

손님의 가방을 차에 실어주고 돌아온 신우가 여자를 보며 물었다. 여자는 꽃대 몇개를 빼내고 나머지를 추려 다시 꽃병에 넣으려고 했다. 혜원은 뻗었던 손을 조용히 내렸다.

가위 좀 가져다주시겠어요? 이것 좀 보세요. 꽃송이 전체를 잘라내야겠어요.

여자가 꽃대를 들이밀자 신우는 한걸음 물러났다. 물이 흥건한 테이블 위로 떼어낸 꽃잎들이 떨어졌다.

이건 아예 빼야겠어요. 가짜예요.

여자는 발끝을 세워 손을 더 높이 뻗었다. 여자가 나뭇가지를 뽑아낸 후 흔들거리는 화병은 신우가 잡았다. 여자가 던진 나뭇가지는 물방울을 튀며 바닥에 떨어졌다. 플라스틱과 헝겊 재질의 푸른 잎과 윤이 나는 열매 옆으로 검은 구두가 보였다. 현준과 동현이 서 있었다. 여자는 뭔가 할 말이 있는 사람처럼 그들을 향해 입을 벌렸다가 다물었다. 로비에 서 있던 사람들이 여자를 보며 수군거렸다. 옆으로 발걸음을 옮기려던 여자의 발목이 접질렸다. 휘청하면서 여자의 몸이 오른쪽으로 기울었다. 그녀는 힘없이 주저앉았다. 그녀가 주저앉자마자 누군가 뒤에서 일으켜 세웠다. 표정이 어두운 얼굴의 남자였다. 남자는 여자의 코트와 가방을 들고 있었다. 여자는 남자를 알아보고 골치가 아파졌다는 듯 고개를 돌렸다. 하지만 순순히 남자를 따랐다. 그들은 로비를 가로질러 호텔을 빠져나갔다. 여자가 나간 후 수군거리던 사람들은 흩어졌다. 스마트폰으로 메시지를 보내거나 엘리베이터를 타러 갔다. 현준은 무전을 쳤다. 청소할 사람을 한명 더 불러달라고 했다. 꽃장식도 새로 해야 했다. 혜원은 고개를 돌리고 서 있었다.

저 남자는 누구죠?

혜원이 물었다. 그녀는 여자가 사라진 회전문을 보고 있었다.

가족이거나 운전기사겠죠. 근데 그건 왜 들고 계세요?

현준이 혜원의 손에 들린 작약 한대를 보고 물었다. 스스로도 놀란 것처럼 꽃대를 잠시 바라보던 혜원은 뒷짐 지듯 손을 뒤로 숨겼다.

뭐 하시는 거예요. 바닥에 물 떨어지잖아요.

꽃대에서 떨어지는 물방울을 보며 현준이 짜증을 냈다. 당장 내놓으라는 듯 현준이 손을 내밀자 혜원은 고개를 저었다.

왜 그래요?

동현이 물었다. 혜원은 원형 테이블에 한 손을 얹은 채 얼굴을 찌푸렸다. 그녀는 허리가 좀 아픈 것뿐이라고 말하려고 했다. 그런데 말이 입 밖으로 나오지 않았다. 척추를 지난 통증이 무릎에 다다랐을 때 혜원은 아랫입술을 깨물며 신음을 내뱉었다. 그녀는 고통스러웠고 혼란스러웠다. 가까이 있던 동현이 먼저 비틀거리는 그녀에게 다가갔다. 현준도 그녀를 향해 발걸음을 뗐다. 하지만 혜원은 모두를 뿌리치며 천천히 뒷걸음쳤다. 양팔을 벌린 채 조심스럽게 중심을 잡던 그녀는 원형 테이블에 머리를 부딪쳤다. 물이 묻은 실내화는 쉽게 미끄러졌다. 로비 바닥에 쓰러진 그녀는 눈 감은 채 움직이지 않았다.

TV와 거울, 간이침대만 놓인 방으로 그들은 혜원을 옮겼다. 로비와는 달리 한기가 느껴졌다.

응급실로 가야 하는 거 아니에요?

간이침대에 누워 있는 혜원을 보며 신우가 말했다.

숨은 쉬는 것 같아요.

신우가 맥박을 짚었다가 혜원의 코에 얼굴을 가까이 가져다댔다.

매뉴얼에는 바로 무전을 치라고 나와 있는데요. 상황실에 보고를……

무전을 쳐서 뭐라고 할 건데?

현준이 신우의 말을 잘랐다.

현준은 크리스마스를 앞둔 일요일이 아무 일 없이 지나가기만을 간절히 바랐다. 그는 뒷짐을 진 채 몸을 돌려 동현을 향해 섰다. 일이 이렇게 꼬인 것은 동현 때문이라고 현준은 생각했다. 동현은 말없이 벽에 기대 있었다. 현준은 인간적으로 동현을 좋아했지만 그가 저지른 일생일대의 실수는 피하고 싶었다. 그는 이년 전 퇴직금을 더해 서울 근교에 바를 차렸다가 정리하면서 거의 전부를 잃었다. 얼마 전 그는 다시 호텔로 돌아왔다. 신입과 같은 조건으로 출근을 시작했다.

실장님, 그 여자가 로비로 왜 또 나온 거예요? 바에서 무슨 일이 있던 거예요?

현준이 동현에게 핀잔을 주듯 물었다. 여자는 몇달째 주말이면 찾아오는 손님이었다. 한두잔만 마시고 돌아가는 날도 있지만 가끔은 누군가 데리러 오기 전까지 계속 술을 마시기도 했다. 불행중 다행으로 여자는 주문하는 칵테일만 주면 얌전했다. 그런데 동현이 돌아온 이후로 여자는 말썽을 일으켰다. 동현은 자신의 원칙대로 주류의 경우 한 손님에게 넉잔 이상은 주문받지 않았다. 그러면 여자는 로비로 나와 돌아다녔다. 현준은 뒷짐을 풀고 작은 방안을 서성였다. 그는 결정을 해야 했다. 언제까지 이렇게 모여 있을 수는 없었다. 그때 신우가 소리를 질렀다. 누워 있던 혜원이 소리 없이 일어나는 걸 보고 그는 들고 있던 모자를 떨어뜨렸다. 몸을 덮고 있던 담요를 치우며 혜원은 주위를 두리번거렸다.

괜찮으세요?

모자를 바로 쓰며 신우가 물었다. 혜원은 천천히 고개를 끄덕였다. 정신이 들면서 새하얀 천장만 보였을 때 그녀는 두려웠다. 낯선 곳에서 깨어난 아이처럼 울고 싶은 심정이었다. 하지만 그녀는 몸을 일으켰다. 격주로 한번씩 청소하던 기사대기실이라는 걸 혜원은 금방 알아차렸다.

조용히 일어난 혜원은 치맛단의 먼지를 털었다. 실내화를 신고 앞치마의 주름을 펴면서는 동현과 현준을 쳐다보았다. 동현의 한쪽 빰에는 사선으로 상처가 나 있었다. 혜원의 손톱에 긁힌 부분이 붉게 부어올라 있었다. 로비에서 현준과 동현이 다가왔을 때 혜원은 양팔을 휘저어 뿌리쳤다. 그녀의 손이 현준의 머리를 때리고 동현의 얼굴을 할퀴었다. 동현은 날카로운 손톱이 관자놀이를 스치던 순간을 떠올렸다. 그는 혜원이 몸을 돌려 거울 앞에 서는 모습을, 거울에 비친 담담하면서도 단호한 여자의 얼굴을 바라보았다. 알 수 없는 일들에 대해 그는 생각했다. 두세시간 전에 라운지바 안을 청소하던 여자와는 다른 사람 같았다. 참았던 숨을 몰아쉬며 동현은 슈트의 단과 소매를 잡아 폈다. 현준은 조퇴서를 작성하라고, 그래야 탈이 없다고 혜원에게 충고했다. 거울 앞에 선 혜원은 머리를 매만졌다. 작약꽃 향기가 코끝을 스쳤다. 그녀는 그 손으로 벽을 짚었다. 손등의 혈관이 푸르게 비치고 손가락 마디는 얇은 피부 위로 도드라졌다. 끝이 뭉툭한 엄지손가락에서 살짝 휜 새끼손가락까지 팽팽하게 이어진 굵고 가는 주름들이 고스란히 드러났다. 그녀는 잠시 서서 자신의 손을 들여다보았다. 허리의 통증이 지나간 후에 벽에서 손을 떼었다. 나머지 세 사람도 나갈 준비를 했다. 현준은 그동안 세 사람이 어디서 뭘 했는지를 어떻게 둘러댈지 생각했다. 그들은 각자의 위치로 돌아가야 했다. 다음 손님들이 그들을 기다리고 있었다.

| 해설 |

관객을 심문하다

양경언

1. 비대칭적인 짝패: "그 사람들은 어쩌다 그렇게 된 걸까?"

이승은 소설의 첫인상을 나눌 때 어떤 독자는 마치 연극 무대 앞에 숨죽여 앉아 있는 관객이 된 것만 같은 기분이 든다고 답할지도 모르겠다. 간결한 공간에서 움직이는 두 사람, 혹은 네 사람을 향해 조명이 비춰지는 순간을 목격할 수밖에 없는 곳에 어쩐지 작가가 독자의 자리를 마련해둔 듯해서다. 우리 앞에 등장한 두 사람, 혹은 네 사람은(이들은 대체로 짝패로 등장한다), 겉보기에는 큰 갈등을 겪고 있다거나 심각한 문제에 봉착해 있다고 느껴지진 않는다. 오히려 이들은 각자가 하는 일이 손에 익었을 무렵의 사람들이고,

그러다보니 자신이 적응한 생활에서 무언가를 어떻게 더 보탤지를 고민하는 '과정 중의 사람'에 가깝다. 하지만 지금껏 해오던 일을 지속해가는 사람들이기에 별 탈 없이 잘 지내고 있다고 말하고 돌아서기에는 어딘가 석연찮은 구석이 있다. 그들에겐 간단히 표현할 수 없는 긴장이 있다.

앞서 그이들의 찰나를 독자가 굳이 '목격'한 것처럼 느끼리라고 말한 이유를 여기에서 찾을 수 있을 것이다. 이승은의 인물들은 풍부한 표정을 지어 보이거나 적극적인 행위로 사건을 끌어가면서 독자의 몰입을 유도하기보다는, 주어진 상황을 파악하기 위해 주변의 눈치를 내내 살피는 긴장된 모습을 보여줌으로써 오히려 독자로 하여금 거리를 두게 만들기 때문이다. 아무리 소설 속 인물들이 '은수'와 '민용'(「파티의 끝」), '서윤'과 '준우'(「소파」), '정원'과 '도훈'(「오늘 밤에 어울리는」)과 같이 분명한 이름을 가진 개별적인 존재로 나타난다한들, 나열된 이름만으로는 우리는 도통 그들의 내면 깊숙이 파고들어갈 수 없다. 그들이 주고받는 말과 행동이 무시로 교차하면서 형성하는 리듬에 그들을 조금이라도 이해할 수 있는 단서가 있지는 않을지 우리로서는 다만 '지켜볼' 뿐이고, 짐작할 뿐이라는 얘기다. 이승은의 소설에서 독자는 이야기에 집중할수록 소설에 등장하는 인물들에 감정을 이입하지 못하고 무대와 관객석 사이만큼의 거리감을 느끼며 그들의 긴장된 상태가 남기는 윤곽만을 좇는 경험을 하게 된다.

「왈츠」를 떠올려보자. 술에 취한 채 흥청망청 주말을 보내던 한 커플의 일요일 오후를 담은 이 작품에서 '그'와 '그녀'에게 일어난 특별한 일이란 이웃이 버린 바이올린을 주워 집 안에 들인 일 말고는 없다. 하지만 그런가? 그 일 말고는 없나? 어떤 측면에선 '그'와 '그녀'가 사건이라고 불릴만한 일이 우리에겐 없다고 자의적으로 생각해버리고 마는 것으로 여겨지기도 한다. 달리 말해 갈등이 만들어질 수 있는 흐름과 정면으로 마주하길 회피하고, 그를 무마하려는 태도를 취하는데 더 익숙한 사람들로 보인다는 것. 이야기가 진행될수록 드러나는 대목이지만, 죽이 잘 맞는 듯이 보이는 이들 커플은 실은 서로에게 차마 전하지 못하는 비밀이 있는 사람들이다. 지방으로 근무지를 옮기게 된 '그'는 앞으로의 생활에 대한 불안 때문에 짜증이 나 있는 상태임을 '그녀'에게 제대로 전하지 못하고, 공인중개사 시험을 준비하고 있던 '그녀'는 도서관에서 영화나 섭렵하며 시간을 축내고 있었으며 심지어는 시험도 치르지 않았다는 것을 '그'에게 말하지 못했다. 이들이 바이올린을 주인(으로 추측되는 이웃)에게 돌려주러 갔다가 힐끗 엿본 '대칭이 잘 맞지 않은' 얼굴의 이웃 남자와 이웃의 억압적인 분위기에 영향을 받아 서로의 감정을 떠보는 상황은, 이들이 주말 내내 술에 취해 있던 까닭이 흥겨워서가 아니라 서로를 견디기 위해서였다는 사실을 알린다. '그'와 '그녀'는 서로에게 자신의 감정을 충실히 내비치는 것을 중시하기보다는 어떻게든 문제를 일으키지 않기 위해 자신도 모르는 사이에 새어나갈 수 있을 불안을 가리는 일에 급급한 것이다. 그러나 이미 일어났어야 했을 갈등이 일어나지 못하도록 '대충' 봉합해버리는 과정을 통해 소설은 불안의 지속에서 벗어나지 못하는 '그'와 '그녀'의 모습에서 더 나아가지 않은 채 마무리를 향한다. 그러니까 「왈츠」에서 어느 일요일 오후의 '그'와 '그녀'가 연출하는 장면은 이미 일어나서 어쩔 수 없는 상황으로 기울어지는 순간을 채집하기보다는, 일어날지도 모르는 미래를 걱정하느라 돌이킬 수 없는 상황을 만들어버리는 순간을 포착한다. 어쩌면 '그'와 '그녀'는 내면 깊은 곳에 숨어 있어 아무에게도 눈에 띄지 않으리라 여겨지던 각자의 불안이 현실의 층위를 어떻게 휘저을 수 있는지, 눈에 보이지 않는 세계가 눈에 보이지 않는다는 조건을 활용해 어떻게 세상을 형성하는지를 보여주는지도 모른다. 비유하자면 이들의 왈츠란 불안의 궤도에서 빠져나가지 못하는 춤에 가깝다. 생활이라는 왈츠를 추기 위해 모인 한쌍의 커플은 자꾸 발이 어긋나는, 아슬아슬한 관계를 형성하고 있다.

이승은이 그리는 대부분의 두 사람 혹은 네 사람(「왈츠」의 경우 '그'와 '그녀' 혹은 '이웃 남자'와 '이웃 여자')은 균형이 잘 맞는 짝으로서가 아니라 비대칭적인 짝패로 등장한다. 균형이 맞지 않으므로 이들 사이의 대화는 자꾸 진심을 비껴간다. 잘 맞는다고 생각(혹은 착각?)하지만 실은 삐거덕거리는 관계, 짝패를 이루어 서술되는 상충하는 이미지(가령 「왈츠」에는 '그'와 '그녀'의 긴장을 비집고 들어와 집 안으로 번지는 "주홍빛 햇살"에 대한 표현이 나온다. 때때로 작가는 방 안에 들어서는 빛 이미지를 오히려 인물들의 불안을 암시하기 위해 쓴다) 등을 두고 요컨대 이승은의 이야기는 비대칭적인 구조에서 발생한다고 말할 수 있을 것이다. 소설에서 관계가 비대칭적이라는 사실이 서서히 드러날 때마다 이야기를 발생시키는 긴장이 동시에 차오른다. 또한 그 긴장으로 말미암아 '이 사람들은 이렇게 살아왔구나' 싶던 독자도 덩달아 '이 사람들은 어쩌다 이렇게 됐을까' 하고 추측하게 된다.

커플인 '은수'와 '민용', '동철'과 '지영'이 연말 모임을 하는 하룻밤의 이야기를 담은 「파티의 끝」을 「왈츠」의 곁에 두고 읽어보자. 은수와 지영의 친구인 '수미' 와 '성희'는 싱글 여성이란 이유로 혹은 기혼 여성이란 이유로 모임에 참석하지 못하는데, 자리에 없는 사람들을 결혼했는지의 여부로 소개하는 소설의 앞부분에서 예고되었듯 이들 커플은 각자가 꾸려나가는 삶의 방식과 사유로 인해 결혼에 대한 이슈에서 서로를 충족시킬 수 없는 이견을 가지고 있다. 소설에서 결혼 얘기는 갈등을 촉발시키는 계기로 중요하게 다뤄진다. 물론 '갈등을 촉발'시킨다고 말하기엔 이들은 시종일관 모임의 분위기를 유지시켜주는 균형이 깨지지 않기 위해 조심스러운 태도를 취한다. 겉보기에는 네 사람이 즐겁게 참여하는 듯이 비춰지는 이 모임은 그 기저에 깔린 각자의 기분이 포장됨으로써만 안전하게 유지될 수 있으므로 은수와 민용, 동철과 지영은 불안의 기미를 덮는 방향으로 기민하게 움직였던 것이다(심지어 모임 중간에 잠깐 등장한 성희가 고양이를 데리고 왔을 때, 민용은 자신에게 고양이 알레르기가 있다는 간단한 사실조차도 알리지 않는다). 소설은 인물들 내면 그 자체가 아니라 인물들 내부에 이미 자리했으나 그들이 끝내 인정하지 않는 부분에 관심을 둔다. 그러면서 이들처럼 자신의 기분이 어떤지 균형을 잡고 가늠하기보다는 타인의 기분을 살피는 일에 힘을 더 할애하는 사람들이 있다면, 그들이 당면한 상황은 무사히 넘어가겠지만 그때 해소되지 않은 불안이 앞으로 어떤 사건을 만들어낼지에 대해선 아무도 장담할 수 없다고 일러준다.

이 소설이 제목을 빌려온 그레이엄 그린의 단편소설 「파티의 끝」[1]의 경우는 인물이 느끼던 불길의 징조가 끝내 실현되고 말았을 때의 충격을 전달한다. 반면 이승은의 소설은 인물들이 나누는 대화와 행동이 서로에게 어떻게 비춰지는지를 가늠하는 과정에서 불길함이 점층적으로 쌓여가다가 더는 꺼림한 일이 일어나지 않기를 바라는 마음이 고조될 즈음, 실제로 예고된 불길함이 무마되고 아무런 일도 일어나지 않는다("조용한 노래 한곡이 끝나고 적막해졌을 때 민용이 마지막으로 재채기를 했다. 술과 잠에 취해 있던 동철이 화장실에 다녀오며 어깨로 벽의 스위치를 건드리자 거실 등에 불이 들어왔다. 해가 잘 들지 않는 투룸의 새벽, 형광등 아래 네 사람의 얼굴도 창백했다." 32면). 이 파티의 끝은 그러므로 (숨겨진 감정이 폭발하지 않아) 다행이기도 하고, (앞으로 다가올 일이) 불행(할 수도 있다는 예감을 선사)하기도 한다. 독자는 어떤 이슈도 속 시원히 해소되지 않은 채 다행 중 불행, 혹은 불행 중 다행일 수

1 그레이엄 그린 『그레이엄 그린』, 서창렬 옮김, 현대문학 2017, 293~306면.

있는 애매한 결말을 마주하면서, 어쩌면 삶은 하나로 수렴되지 않는 애매한 속성과 더 닮아 있는 것일 수도 있다는 짐작을 받아들여야 하는 처지에 놓인다.

소설에서 자기 자신과 닮은 모습을 찾는 방식으로 독서를 해왔던 이들에게 이승은의 소설은 다른 읽기를 요청한다. 소설 속 인물들이 자기 자신의 진심을 알리고 싶지 않은 듯한 태도로 우리 앞에 나타났을 때 독자인 우리는 그이와 동일시할 면모를 찾으려는 자의식을 버리고 “그 사람들은 어쩌다 그렇게 된 걸까?”(14면) 하는 물음을 품은 채 소설에 접근해야 하기 때문이다. 묘하게도 이승은의 인물들은 우리 삶의 한복판으로 걸어오는 대신에 소설 속 장면 위의 타인으로 남는다. 하지만 한편으로는 영리하게도 이승은은 소설 속 인물들이 독자에게 타인으로 비춰지도록 경계를 구축함으로써 그들을 지켜보는 자리에서 독자가 내내 서성이도록 만든다. 그렇게 함으로써 애매하기 이를 데 없는 그들의 행동과 말을 계속 뒤쫓도록 하고, 독자로 하여금 좀처럼 모 아니면 도로 판단내리기 쉽지 않은 자기 자신의 삶을 반추하도록 만드는 것이다.

비대칭적인 위치에 있는 두 사람, 혹은 네 사람이 서로의 눈치를 살피며 (혹은 서로의 시선에 비춰지는 자기 자신에 갇힌 채) 이야기가 이어지듯, 소설 속 인물과 소설 밖 독자가 짝패를 이뤄야만 진실을 쥐어볼 듯 말 듯한 순간에 당도하는 소설. 이는 작가가 세계를 고립된 개개인으로 이루어졌다고 인식한다면 만들어질 수 없는 종류의 소설이다. 단독자의 세계에선 다른 사람을 이해할 필요조차 없기 때문이다. 이승은은 한 사람을 전면으로 내세우는 방식을 포기하는 대신에 겹겹의 사람들을 등장시킴으로써 이들이 차이를 가지고 서로를 마주보는 상황을 마련한다. 각자가 짠 프레임에 갇혀 상대를 바라보는 인물들 사이에서 필연적으로 발생할 수밖에 없을 초조와 오해, 뜻밖의 이해로 이야기가 직조되는 상황을 목격하면서, 독자는 문득 서로를 이해할 수 있는 통로가 가로막힌 상황에서 빠져나가려면 서로가 서로의 시야를 확보하는 일 이상으로 무엇이 더 필요한가, 서로가 서로에게 드러내고 싶지만 쉽게 드러내고 싶지 않은 것의 정체란 무엇인가 하고 생각하게 되는 것이다. 이승은의 소설은 자의식의 바깥으로 빠져나가지 못하는 인물들이 일으키는 긴장을 전시함으로써 역으로 독자로 하여금 자의식의 바깥으로 빠져나가는 통로를 고민하도록 이끈다.

2. 밤의 이야기: 불확실성이 잠복한 삶

「남극 산책」은 경제적 이해관계를 맺고자 마련된 두 부부의 저녁 식사 자리를 그린 작품이다. '민형'과 '소영'은 투자를 받기 위해 민형이 다니던 직장의 이사 부부인 '정호'와 '혜진'을 만나지만 목적을 달성하지 못한다. 본인들의 선의와 교양을 증명하기 위해 줄곧 예의를 차리던 정호와 혜진 부부가 그들 내부의 균열을 민형과 소영에게 들키는 과정에서 처음부터 식사 자리에 대한 두 부부의 목적이 달랐다는 것만 확인됐을 뿐이다. 그러나 정호와 혜진의 속물성이 드러나는 모습을 보며 민형과 소영은 그것을 고소해하거나, 좀처럼 우습게 여기지 못한다. 식사 자리에 대한 소기의 목적을 달성하지 못해서 침울한 탓도 있었겠지만 그보다는 정호와 혜진의 모습 속에서 민형과 소영이 아직 가닿지 못한 다음의 삶은 어떨지 두려운 짐작이 밀려오기도 하고, 그조차도 확신할 수 없어 밤의 무게가 더 없이 무겁게 느껴졌기 때문이었을 것이다. 민형은 소영이 건네주는 격려에 대해서도 "그때는 새롭게" 느꼈고, "그를 설레게 했었다"는 과거형으로 설명하는 저 자신의 모습을 집으로 돌아오는 차 안에서 발견한다(133면). 이들에게 그 밤은 호기심을 가지고 미지의 '남극'과 같은 곳에 다녀오고 싶어 하는 이들이 거기에 가보지도 않았는데 이미 겪은 것만 같은 심정을 갖게 됐을 때의 암담함이 겹치는 시간이기도 하다.

이승은의 소설에서 밤은 주요하고도 특별한 배경으로 등장한다. 모든 현상이 명명백백 드러나서 확실한 사실을 알 수 있을 것만 같은 확신을 심어주는 낮과는 달리, 그러한 낮과 낮을 잇는 밤에는 낮 동안 받아들여졌던 '확실한 현상'이 확인할 길 없는 것으로 나타나는 시간이다. 작가는 밤이 되어서야 마주한 꺼림한 사실들 때문에 앞으로 나아가지 못하고 망설이게 된 이들을 주목한다. 무엇인가 애매하다는 생각이 이들의 발뒤축을 붙잡는 것이다. 이는 또한 이승은 소설의 시야가 온갖 훈련을 통해 상대방이 되어보는 공감 능력을 확대한다 할지라도 상대방이 품고 있는 진실의 일부만을 건드릴 수 있을 뿐, 우리는 결코 타인이 될 수 없다는 데까지 닿아 있다는 얘기이기도 하다.

한 여성의 하루 생활을, 그중 특히 그녀가 일하는 호텔에서의 풍경을 담은 「성탄절 특집」에서도 타인이 되어보지 않고서는 그이의 삶도 예측 불허일 뿐 아니라 그이의 삶을 통해 돌아보는 나 자신의 삶 역시도 그다음은 미지라는 진실을 일러주는 배경으로 밤이 등장한다. 소설은 호텔의 객실 청소와 비품 관리를 맡는 일을 하는 '혜원'이 보낸 성탄절을 그리면서 호텔에서 혜원을 마주친 사람은 알지 못할 그녀만의 영역을 보여준다. 혜원은 성당에서 미사를 보면서는 "비련의 여주인공"이 된 것 같은 기분을 만끽하고, 백화점에서는 직원들의 미소에 둘러싸여 마음껏 서비스를 누리기도 하며, 직장에 도착해 일을 하면서는 화장실 파우더룸 벽에 걸린 그림 '갇혀버린 봄'에 아들 부부와 떨어져 혼자 사는 자신의 처지를 이입하는 감상을 하기도 한다. 이는 혜원을 어느 한 장소에서 '신자'로, '고객'으로, '직원'으로 만나는 사람이라면 짐작할 수 없는 모습들일 것이다. 혜원이 청소를 하던 중에 마주친 술을 홀로 마시는 '여자'나, 같이 일하던 동료들도 마찬가지다. 이들끼리는 자신이 가진 편견으로 상대를 대할 수밖에 없겠지만 소설이 이들의 밤을 조명할 때 독자의 눈에는 모든 인물들의 (은밀히 감춰졌던) 입체성이 고개를 들기 시작한다. 이렇게도 말할 수 있을 것이다. 이승은은 어떤 삶이든지 간에 진실과 거짓을 명확히 식별하기 힘든 '애매성(ambiguity)'을 가지고 있다는 사실을 각인하는 밤의 이야기를 쓴다고. 작가에게 밤의 이야기는 곧 불확정적인 삶의 일면을 담는 형식의 하나이다. 소설이 결말에 다다를수록 인물들은 다른 사람들과 층층이 형성하는 관계들을 통해 소설의 도입부에선 짐작조차 할 수 없는 모습을 드러낸다. 이를 보면서 독자는 주어진 매 순간의 일면만으로는 그이의 전부를 판단할 수 없다고 생각하게 될지도 모른다.

「오늘 밤에 어울리는」 역시도 독자가 어느 정도 예상했던 바와는 다른 방향으로 전개되는 이야기다. 소설은 '도훈'과 '정원'이 서로에게 호감을 표하는 것으로 짐작되는 한밤의 파티에서 시작한다. 이들은 시간과 장소에 '어울리는' 태도를 취하는 사람들로 보이지만 시나리오작가였던 도훈은 실은 지난밤에 작업과 관련한 불쾌한 경험이 있었으므로 심기가 그리 편치 않은 상태이기는 하다. 그 상황에서 도훈과 정원 사이에 '승민'이 끼어들고, 세 인물 사이에 오가는 미묘한 대화의 흐름은 도훈으로 하여금 계속해서 지난밤에 겪은 일이 남긴 감정에 휩싸여 승민의 신경을 자극하도록 만든다. 화가 난 승민이 도훈과 '민희'가 함께 사는 집에 찾아가 도훈과 주먹다짐을 벌일 때 민희는 그날 밤 자신이 알고 있던 모습이 도훈의 전부일 수 없음을 통렬히 깨닫는다. 도훈에게 이 밤은 미래에 대한 불안이 추동하는 불행에서 빠져나갈 역량을 자신이 가지고 있지 않다는 사실을 좀처럼 받아들이기 쉽지 않은 시간일 테고, 민희에게 이 밤은 자신이 진짜라고 믿었던 과거와 현재에 대한 생각을 철회할지 말지 결정하기 어려운 시간일 테다.

이들의 밤은 이들 자신이 하는 일이 전적으로 이들에게 달려 있기 때문에 찾아오는 불안과 연결되어 있다. 이때 불안은 자신이 무언가를 할 수 있다는 가능성과 연관되어 있고 동시에 그 가능성은 다른 이와의 관계 속에서 재단되므로, 그 밤의 시간은 앞으로 이들이 하고자 하는 일을 추진해나갈 낮까지도 영향을 끼칠 것이다. 낮을 가득 채운 빛이 곧 진실이 아닐 수도 있다는 생각이 자리 잡기 시작한 밤을 통과하면서 자신이 확신해왔던 모든 것에 거리를 두게 되는 것이다. 이들의 밤이 조명될 때, 독자인 우리 또한 우리가 불확정성에 내던져진 사람들이라는 사실을 받아들여야 한다. 놀라지 말자. 살면서 일어나는 온갖 불확정적인 일들은 우리 삶의 일부일 뿐이다. 보부아르(S. Beauvoir)의 말마따나 "인간의 [존재] 조건은 애매하다."[2]

3. (느낌을) 닫으면서 (멈추지 않은 삶을) 열기: "진실을 말하기 위해 거짓말을 해야죠"

「찰나의 얼굴」은 진실과 거짓이 애매하게 뒤섞인 상황이 불안을 야기하고, 그 때문에 뒤틀린 현실을 마주치게 된 사람들이 어떤 행보를 보이는지를 흥미롭게 그린 작품이다. 소설은 인간이 삶의 불

2 시몬 드 보부아르 『그러나 혼자만은 아니다』, 한길석 역, 꾸리에 2016, 188면.

확정성을 좀처럼 받아들이지 못하고 분명한 무언가를 찾아서 우왕좌왕하는 이유를 그 배면에 숨어 있는 (그래서 저마다 감추고 싶은) 심연에서 찾는다.

'진우'는 '수정'이 놀러갔던 바다에서 우연히 알게 된 '정식'을 모델삼아 작품을 완성한다. (소설 초반부에 등장했던 수정과 정식이 얼굴을 트게 된 과정도 상기할만한 대목이다. 이들은 처음부터 서로의 직업을 속이면서 어울렸기 때문이다. 수정은 정식이 어떤 사람인지 잘 '알지 못했다.' 극단적으로 말해서 수정은 정식의 비대칭한 얼굴을 구경하는 관객에 불과했던 것이다). 정식은 진우의 작품에 참여한 경험을 계기로 미술계 사람들과 친목을 쌓아가고, 확인할 길 없는 실체로 본인의 존재감을 각인시켜 나간다. 그러나 그 과정은 헛것이 몸집을 불려가는 과정과 다를 바 없이 묘사되고, 어느덧 정식은 미술계에서 '거짓말쟁이'로 알려진다. 정식이 실 없는 말들을 재치랍시고 흘릴 때마다 수정과 진우 역시 좌불안석이었지만 막상 수정과 진우를 통해 정식을 알게 된 이가 그들에게 따지려들 때에는 그들이 할 수 있는 말은 별로 없었다. 오히려 정식은 수정과 진우의 집에 찾아가 이들이 끝내 감추고 싶어 하는 과거를 소환한 바 있던, 그들의 감정을 자극하는 매개적 존재로만 남는다.

수정이 다시 자신의 작품을 시작할 수 있을지 걱정하고, 진우가 자신의 작품이 좋은 평을 받지 못할까 두려워하는 이면에는 신혼여행 당시 둘이 벌였던 일이 혹시나 새어나갈까 하는 불안이 있다. 이들에게 정식은 그 불안을 실체화시킬 수 있을 인물이었던 셈이다. 어쩌면 수정과 진우는 자신들이 벌였다고 믿고 싶지 않은 신혼 여행 때 일을 꿈인지 현실인지 헷갈린다고 말해버리는 것처럼, 정식 역시도 진짜 인물인지 거짓 인물인지 알 수 없는 영역으로 밀어버리는 편을 택한 것일는지도 모른다. 수정은 정식의 "거짓말을 해야 할 때가 있어요"(152면) "사람들이 듣고 싶은 얘기를 해야 할 것 같았어요"(153면)와 같은 말들에서 자신의 불안을 본다.

따라서 모든 것이 반짝인다고 느껴지는 레스토랑에서 수정이 진우를 향해 미소를 지으며 걸어가는 이 소설의 결론은 여러 방식으로 해석될 수 있을 것 같다. 정식이 사라진 덕분에 수정과 진우는 말하고 싶지 않은 과거가 누설될 위험에서 조금은 놓여날 것이다. 그러나 이들은 앞으로도 꿈이었는지 현실이었는지 분간할 수 없는 영역을 저 자신 삶의 일부분으로 둠으로써, 불안이 한 순간에 자신을 덮칠 수도 있다는 가능성을 품은 채 살아가야 한다. 이 경우 이들은 불안을 야기하는 삶의 애매성을 삶을 형성하는 조건으로 승인하는 만큼 자신들의 현실을 흔드는 불안을 어느 정도 다룰 줄 알게 될 것이다. 결론에 대한 또다른 해석 중 하나는 수정과 진우가 정식을 자신들의 삶에서 (어쩌면 의도적으로) 배제했던 것처럼, 혹은 정식을 빠르게 잊은 것처럼 계속해서 자신들을 흔드는 불안을 없는 취급하면서 살아갈 수도 있으리라는 것. 이 경우 이들은 무엇이 자신의 현실을 덮치는지도 모르고 계속해서 심한 불안에 시달리며 살아가야 할 것이다.

소설은 수정과 진우 커플의 모습이 다양하게 해석될 수 있는 길을 열어두고, 독자로 하여금 이들에 대한 그 어떤 단정적인 감정도 쉽게 가질 수 없도록 만든다. 그렇다면 이승은의 소설은 대체로 느낌이 충실하게 드러나는 순간을 막아선 그 자리에 열린 결말을 마련하고 있다고 말해도 될 것 같다. 보부아르는 삶이 애매하다고 말하는 것은 곧 "실존의 의미가 결코 고정되어 있지 않고 계속적으로 쟁취되어야만 한다"[3]는 의미를 염두에 두는 것이라고 했다. 이승은 소설의 결론은 인물이 자신의 "행위에 함축되어 있는 이율배반을 의식"[4]할 수 있는지 그 여부에 따라 삶의 방향이 가늠된다.

'서윤'과 '준우'가 살면서 애써 감추려는 불안이 윗집 여인의 방문으로 본격화되고 지금껏 진실이라고 믿었던 사실이 흔들리는 경험을 하지만 끝내 아무런 문제도 해결되지 않는 상태로 결론을 맞이하는 「소파」나, 동네 헬스클럽을 운영하는 '현성'이 우연한 사고로 모르는 사람들과 합석하게 된 "차가 다시 출발"하는 결론에 이르는 「덤벨과 위스키」에도 마찬가지로 삶의 미결정성이 열어놓은 행위의 지속성이, 즉 그 무엇도 단정 지을 수 없는 상태가 있다. 이는 진우가 정식의 얼굴에서 총알이 인중을 뚫고나간 이미지 작업을 진행한 이후 미술계 동료인 '리아'가 남긴 "진실을 말하기 위해 거짓말을 해야"(148면)한다는 예술의 착종된 성격과 연결된다. 진실을 말하기 위해 허구를 짓지만 이때 지어지는 허구라는 미로 안에서 진실의 행방이 묘연해질 때가 많듯, 삶의 애매성으로 인해 확

3 앞의 책 187~88면.

4 같은 면.

실성을 찾아나서는 인물들은 그럴수록 더욱 결정할 수 없는 영역으로만 발을 딛는다. 이럴 때 이들은 삶에 대한 이해를 재설정해야 하는 상황에 놓이거니와 자신에게 닥칠 느낌의 층위로부터 잠정적으로 거리를 두게 되는 것이다. 바로 이 자리에서 독자에게 전달되는 기묘한 감흥이란, 주어진 삶 너머의 해석할 수 없는 영역을 그대로 품은 채 우리의 삶은 지속된다는 것을 일러주는 이승은만의 방식에서 일으켜진 것이기도 하다.

4. 관객을 심문하다

2014년에 작품을 발표한지 5년만에 묶인 이승은의 『오늘 밤에 어울리는』에선 최근에 만나본 다른 어떤 소설보다도 고유한 목소리가 들린다는 얘기를 길게 했다. 요약하자면 이승은은 기존의 독자가 '모름지기 소설이란' 운운하며 지켜왔던 독서의 방식과는 반대 방향으로 소설에 접근하기를 권한다. 오직 한 사람만 집중해서 읽을 게 아니라 시선을 겹겹의 사람들을 향하도록 두고 읽을 것, 타인이 되어보는 연습으로서의 독서가 아니라 타인이 될 수 없음을 절감하는 독서를 할 것, 충만한 느낌을 얻기 위한 읽기가 아니라 밀려오는 느낌과 거리를 두고 그를 다시 보려는 읽기를 진행할 것. 이는 독자가 쳐다보는 대상으로 소설이 존재하기도 하지만 역으로 소설이 독자를 쳐다보기도 한다는 사실을 알리는 방식이기도 할 것이다.

이 글의 1장에서 이승은 소설의 첫인상을 두고 연극 무대 앞에 숨죽여 앉아 있는 관객이 된 듯한 기분을 독자에게 안긴다고 말했던가. 무대 위에 오른 인물들을 '목격'하기만 할 뿐 그들을 향해 좀처럼 무언가를 시도하지 못하는 '독자, 우리'는 소설 속 인물들이 애매한 상태에서 헤매는 모습을 지켜볼 때마다 고민에 빠진다. 지금 세상에서 내가 숨죽여 앉아 있는 관객 이상이 되려면 어떻게 해야 할까. 독자인 우리는 살면서 무엇을 기피하고 있기에 더 나아가지 못하는가. 우리는 소설 속 인물들과 어떻게 다른가. 혹은 다를 수 있는가. 한참을 고민하다가 책을 덮은 그 손으로 다시 책의 첫 장을 펼치기 시작할지도 모를 일이다. 이승은의 소설은 우리를 심문하면서 소설과 만난 이후의 세계로 보낸다. 이는 무대와 관련된 그 어떤 것보다도 관객의 사유가 무대에서 가장 멀리까지 나아갈 수 있음을 이미 알고 있기 때문일 것이다.

그러고 보니 이 책에 실린 총 여덟편의 소설은 이승은이 독자를 향해 내는 첫번째 목소리이다. 첫 소설집에서부터 자기 목소리를 분명히 낼 줄 아는 소설가의 뚝심을 두고, 자리에서 좀처럼 일어설 줄 모르는 어떤 관객들은 미덥다는 말을 전하고 싶어 할 것 같다. 아마 당신도 그럴 것이다.

梁景彥｜문학평론가

| 작가의 말 |

그때마다 설레면서도 걱정스러워서 어떤 표정을 지어야 할지 몰랐다. '소설 읽었어요'라고 누군가 말해왔을 때 나는 당황했다. 누군가 시간을 들여서 내 소설을 읽었다는 생각을 하면 덜컥 겁이 났다.

소설집을 준비하면서 여덟편의 소설 전부를 읽은 사람들을 만났다. 미처 생각지 못한 부분을 짚어주는 조언과 적지 않은 시간과 공을 들였을 글을 받았다. 그밖에 많은 사람들의 정성으로 첫 소설집이 나왔다. 믿기지 않을 만큼의 행운이 여기에 실렸다.

혼자이지만 혼자가 아니라는 사실을 잊지 않으려고 한다. 그 사실을 상기시켜준 사람들에게 감사하다.

앞으로도 계속 소설을 쓸 수 있으면 좋겠다.

2019년 4월

이승은

| 수록작품 발표지면 |

파티의 끝 …… 『문장 웹진』 2018년 2월호

소파 …… 『문예중앙』 2014년 봄호

오늘 밤에 어울리는 …… 『문장 웹진』 2014년 9월호(발표 당시 제목은 '밤은 부드러워')

왈츠 …… 『창작과 비평』 2015년 가을호

남극 산책 …… 『문예중앙』 2015년 봄호(발표 당시 제목은 '레스토랑')

찰나의 얼굴 …… 미발표

덤벨과 위스키 …… 『대산문화』 2016년 겨울호(발표 당시 제목은 '트레이너')

성탄절 특집 …… 『문학의 오늘』 2018년 여름호(발표 당시 제목은 '크리스마스를 앞둔 일요일')